U0087125

AURORA 7

希望之子

光之繼承者

海德薇■著　漢寶包■繪　InterServ International Inc.■原作

目次

序曲　灰色，塵封的童話書

這是歐若拉頭一回做賊，對朱拉來說倒是熟門熟路。

「歐若拉，妳確定要去圖書室？院長嚴格禁止我們上閣樓耶……」朱拉挑起單邊眉毛。他高舉的右手停格於半空，與伸縮梯拉繩只剩下兩吋距離，等著姊姊下定決心。

歐若拉囁咬嘴唇，答道：「不曉得為什麼，我今天真的很想再看看那本故事書，就像它在呼喚我一樣。」

「小時候院長常唸的那本？」

「對。」

「不過是本故事書，值得妳費那麼大功夫？不怕挨罵？」

「討厭，不要一直提醒我閣樓是禁區嘛。況且，你什麼時候變得那麼聽話？」歐若拉惱怒地說。

朱拉翻了個白眼，道：「聽話向來不是我的強項，我是怕妳被髒兮兮的閣樓嚇得屁滾尿流。妳那麼愛哭，萬一害我們當場被活逮怎麼辦？」

歐若拉瑟縮了一下，「所以才叫你陪我呀。」她拉扯朱拉的衣擺，討好地說：「你先上去啦，萬一碰上大老鼠，千萬別告訴我，快把牠趕跑就是了。我保證不哭，而且還會把晚餐的豌豆分你一半，如何？」

「我才不吃那種硬梆梆又乾巴巴的噁心乾燥蔬菜哩，分明是妳自己不喜歡，所以硬塞給我。」朱拉嘴巴雖不饒人，卻還是認命地攫住繩端，把通往閣樓的梯子給拉了下來。

「現在是非常時期，有的吃你還嫌？」歐若拉小聲咕噥。

伸縮梯發出咿呀聲響，聽起來有如老人濃濁的咳嗽，揚起的灰塵更像是一團噁心的唾沫噴在兩人臉上。

「呸。」朱拉抹抹臉，再次確認四下無人後，手腳並用拾級而上。

歐若拉揮開面前的飄揚粉塵，繼續對弟弟叨唸：「你要知道，現在在打仗，有東西吃就不錯了，院長昨天才說配給券不夠用，倉庫裡只剩下五十個青菜罐頭和七十磅的乾豌豆呢。」

「配給不夠了？」朱拉向歐若拉伸長了手臂。「來。」

「是啊。」歐若拉借力使力，一個箭步躍上閣樓地板。「哇，上面還有氣窗，沒有想像中恐怖嘛。」

朱拉站在她身後，默默無語。

她拍拍裙擺，逕自走向牆邊的細長拱窗，透過霧面的毛玻璃可以遠眺河畔風光，偶爾還有幾艘小舟沿著河岸撐篙而過。趴在窗緣的歐若拉雙眼倒映著藍天白雲，臉上泛起一抹愉悅笑容，完全沒注意到弟弟異常的安靜。

「歐若拉，關於食物庫存的事，是院長跟妳說的？」朱拉的眉宇間聚積著揮不開的陰霾。

「嗯哼。」她的鼻尖在玻璃上呼出一道暖白，於是朝窗子呵了口氣，然後在霧氣中寫下「朱拉」和「歐若拉」的名字。

朱拉若有所思地瞅著姊姊，告訴她：「我勸妳不要對院長和大宅投入太多感情，再過幾個星期我們就滿十六歲了，大宅也快要住不下，院長遲早會把我們趕出去的。」

「你想太多啦，我們從小在大宅裡長大，卡婕琳娜院長特別喜歡我們，而且我會認字，又會幫她記帳，院長不會趕我們走的。」歐若拉笑稱。

「歐若拉，妳太天真了。」

「是真的！」歐若拉道：「院長昨天才說，特地為我們準備了一份生日禮物……」

這時，一陣隱約的震動中斷了姊弟倆的拌嘴。

「爆破？」歐若拉驚恐地瞪大眼睛。

「是錯覺啦。」朱拉緊張地擠出笑容。「大家都說要打仗了，我卻連一架德軍的虎克機都沒看到呢。」朱拉走向姊姊，攬著她的肩輕聲安慰。

「萬一戰爭真的波及這裡怎麼辦？大宅是明顯的標的物，要是炸彈落在這裡，我們都會沒命的。」歐若拉低語。

歐若拉說的是事實，沒有胡亂臆測。

這幢建於十七世紀的古老大宅在奧德河畔矗立了三百年，擁有造型古典優雅的石柱和山牆，是斯德丁為數眾多的古老房子之一，冬季來臨時水管還會凍住。

一直以來，斯德丁好比德、波交界的衛兵，不過根據滿天飛的傳言，此時此刻，這美麗的小鎮更像是立場不夠鮮明的牆頭草，未來也只有淪為砲灰的份。

要是戰爭打到大宅門前會如何，歐若拉連想都不敢想。

「別擔心啦，我知道妳最怕獨自一個人，至少有我陪著妳呀。」朱拉擠出微笑。

歐若拉望進弟弟沉鬱的瞳孔，看見與自己彷若復刻的相似面容、相似髮色以及相似的身形，她們倆是雙胞胎，看著他就像在照鏡子。

然而，兩人的性格卻截然不同，行事衝動的朱拉常常表現得更像哥哥，歐若拉則理所當然地躲在朱拉身後，好比怯懦的小妹妹。

歐若拉對於即將面臨的戰事憂心不已，幸好朱拉宛若堅定的磐石，是所有不確定因素中唯一不可能產生變動的因子，就算敵軍來了、大宅毀了，至少他們還擁有彼此。

「朱拉，謝謝。」歐若拉寬慰地笑了笑。

「快去找妳要的書吧。」朱拉點頭。

歐若拉點頭，抬起腳跟繞過滿地陳舊的箱子，走向位於牆角的整排書櫃。據傳為了躲避戰火波及，院長在閣樓裡藏了不少好東西。

朱拉則東踢踢西踹踹，沿著姊姊的足跡替她清出一條方便往回走的路。

「院長幹嘛不乾脆開放讓大家都上來參觀算了，借本書也要偷偷摸摸，好麻煩。」朱拉抱怨。

「院長總得保護這些東西慘遭毒手吧，哈，找到書了！」歐若拉自不起眼的角落裡抽出一本金屬裝禎卻沒有書名的古老童話書，拍去皮革封面鬱積的灰塵。「就是它。」

童話書在歐若拉悉心擦拭後大放光彩，裝飾的藍綠色寶石散逸耀眼星芒，彷彿清澈山澗落入湖水，激起碧綠的水花。

「看起來很貴，換作是我，就會把那本書上的寶石挖出來變賣，可以換好多配給券呢。」朱拉說。

「不可以啦！」歐若拉瞪了弟弟一眼。

剎那間，寶石變得極為燙手。

歐若拉嚇得縮回指尖，某種異樣的熟悉感驀地襲上心頭，讓歐若拉的心臟彷彿漏跳一拍。她瞄了弟弟一眼，朱拉卻僅是意興闌珊地來回踱步，手指拂過每一本藏書的書脊。

「妳有沒有想過，如果我們不是襁褓中被丟到大宅門口，而是有錢人家的少爺小姐，或者出生在沒有戰爭的地方，會過著什麼樣的生活呢？」朱拉問。

歐若拉置若罔聞，她滿腹狐疑地再度觸碰寶石，指腹卻傳來再正常不過的冰涼溫度，她凝神檢查書本封皮，又高舉書本晃了晃，沒能旋開鎖頭，反倒抖落更多灰塵。

「喂，妳有沒有在聽我說話？」

「有啦。」歐若拉感到好氣又好笑，道：「傻瓜，想這些又有什麼用呢？我相信爸媽一定有所苦衷，才會把我們送給別人。」

「爸媽一定把兩人份的樂觀都生給妳了，哼，不對，我才不要稱呼遺棄我們的人為『爸媽』呢。」朱拉賭氣悶哼，隨即又道：「其實，我一直覺得我們的命運不該只是窩在孤兒院裡，真希望擁有截然不同的人生啊。」

「童話故事中的小木偶就是不甘於只當個小木偶，所以把老木匠搞得天翻地覆唷！」歐若拉繼續搖晃書本。

「妳真的很愛讀童話故事。」朱拉撇撇嘴，又道：「雖然小木偶做出很多犧牲，最後仍然得償所願，我覺得很值得……」

突然間，尖銳的空襲警報劃破戶外的寧靜。

突兀且洪亮的聲波形成一道道轟擊兩人的音浪，幾乎吞沒了他們的聽覺，這波隱形浪潮讓腳下的地板猛地晃動起來，使他們全身上下雞皮疙瘩莫名聳立。

「天哪。」歐若拉驚慌地捂住耳朵。

下一秒，轟然巨響再次降臨，嚇得兩人往後一跳。

這回更清楚了，炸藥的爆破聲比空襲警報搶先一步，世界像是炸開了一道缺口，所有聲響爭先恐後流洩而出，尖叫、爆炸伴隨著螺旋槳的聲響混合成雜亂的喧鬧。

歐若拉把童話書摟在胸前，臉色慘白呆立原地。「朱……朱拉？」

朱拉轉過頭去，發現前後不過眨眼的時間，窗外的萬里晴空竟被密布的煙霧取代，彷彿有張霧濛濛的網子罩住了整個城市。

他再低頭一看，這下不得了，整個城市被裹在晦暗的濃霧之中，火舌四處蔓延，炸彈好比一拳捅破了蜂窩，逼得躲在屋內的居民紛紛湧上街頭。

「快走，這次是真的！」朱拉衝向姊姊，握住她的手拔腿就跑。

姊弟三步併作兩步衝向伸縮梯，幾乎是用滑的跳下閣樓，也不管會不會讓人看見。

他們繞過轉角，沒想到正好和急忙跑向他們的院長撞個正著。

「歐若拉、朱拉！我從剛才就在找你們，蓋世太保來了！」年邁的院長氣喘吁吁地扶著膝蓋說。

「對不起……我們……」歐若拉心虛地臉頰酡紅。

「你們自己上去找到書了？」院長注意到她懷裡的童話書，便道：「也罷，這本來就是要還給你們的。」

「什麼意思？」朱拉問。

「孩子，仔細聽著，這本書是你們媽媽留下的物品，帶上這本書，或許有朝一日能和你們的媽媽團聚。」

爆破聲此起彼落，下一刻，一道如雷貫耳的巨響撼動了大宅，這棟百年建築終於承受不了摧殘，窗戶玻璃被震波炸飛，搖搖欲墜的天花板則落下大量粉塵和碎片。

「沒時間解釋了，快跑！」院長使勁推了兩人一把。

「院長？」

「不要管我，年輕人跑得快，能跑多遠算多遠！」

又一個爆炸。

「走！」朱拉牽起歐若拉的手，扯著她往樓梯口奔去。

儘管厚重的衣物拖慢了他們的速度，他們仍舊傾全力邁開步伐，朱拉領著歐若拉跑過起居室轉往廚房，打算從後門穿越庭院離開大宅。

然而，歐若拉卻被門檻絆了一跤，懷中的童話書隨之滾落後院草地，鎖頭也意外地自行滑開。

同一時間，一顆砲彈落在幾個街區之外。

耳鳴之後，世界轉為靜音。

「啊，書……」

歐若拉聽不見自己的吶喊，她強迫自己爬起來，怔怔地望著書本像是擁有自我意志似地迅速翻頁，最後停留在一張插圖上。

在視線對上插圖的瞬間，歐若拉的靈魂彷若凍結。

朱拉轉身想要幫忙，卻也在回眸的剎那暫停了一切動作——

「這女人好眼熟……」朱拉的眼底浮現困惑。

插圖上是一名微笑的女人，那女人的耀眼笑容宛如融化冰川的熾烈陽光，一雙揉合了智慧與慈愛的明亮眸子更是似曾相識，彷彿每晚仰望夜空時閃動的星星。

朱拉和歐若拉忍不住看呆了，更古怪的是，女人的肖像旁，漸漸浮現一行小字……

歐若拉深受吸引，不自覺地唸出字句：「從前從前，在奧茲大陸——」

「砰！」

一顆流彈在附近爆開。

刺眼的光束屏蔽了一切。

歐若拉放聲尖叫。

「我看不到了，我也聽不到了！朱拉？」

白光好似灼傷了歐若拉的雙眼，她慌張地胡亂伸手撲撈，卻什麼也沒抓到，反而像是一腳踩入漩渦裡，被捲入一團深不見底的黑暗之中……

飄浮，她像是失去了重量，飄浮在半空中。

漂浮，她彷彿存在於某種能夠呼吸的水中。

難以估算的光陰自指縫流逝，漸漸地歐若拉的視覺恢復了，她發現自己好似一片枯葉，被看不見的力量推著向前，一路游過或者吹過某條失去重力的隧道。

接著，她的眼前出現許多鮮豔斑斕的螺旋狀光影。有緞帶的桃紅，檸檬的綠，雲霞的紫，燭台的銀，色彩彼此交纏，像是黑色的虛無內飄散著彩色的混沌。

「我一定是在做夢。」歐若拉恍惚說道。

一頂歷史久遠的海盜帽漂過歐若拉面前，緊接著是一顆咬了一口的金蘋果和一盞殘缺的水晶吊燈，遠處還有一座破爛船塢和半座毀損的壁爐。

這個詭異的隧道似乎擷取了各個年代的碎片，以獨特的美感將亂七八糟的古物拼貼成為一幅作品，並且不時調整作品呈現的角度和姿態。

隨後，歐若拉降落在一條石板步道上，她站穩身子摸索方向，忽地在眼尾餘光中瞥見一抹疑似朱拉的影子。

就在前方，朱拉就躺在那彷若教堂彩繪玻璃、綻放妖異光彩的大圓盤上，不省人事。

「朱拉？」

聽覺也恢復正常了，但是歐若拉不確定這是好事還是壞事，因為除了她自己的嗓音以外，她還聽見了一連串細索輕盈的跫音，好比很多隻腳同時且迅速地移動著。

對於聲音的來源，她還沒決定好該是消極逃跑還是積極尋找，雙腿便自行做出判斷，選擇奔向她昏厥在地的弟弟。

歐若拉沿著步道奔向前方漂浮在半空中的大圓盤，卻看見朱拉居然也移動了，他被一股朦朧不清的黑影拉著，往反方向沿途拖行。

「那是什麼？」

戰慄般的驚恐在歐若拉的體內流竄，她拚命加快腳步，但是無論她怎麼努力，黑影總是以更快的速度拉開兩者之間的距離。

「啊……」

歐若拉躍上大圓盤，身後的石板步道倏地碎裂，石片彼此碰撞，發出風鈴般的哐噹聲，最後成為四散在空中的拼圖。

她衝向圓盤邊緣，卻在懸崖邊緊急煞車——

下方什麼也沒有，只有無底深淵，歐若拉沒有能力也沒有勇氣跳入半空中追逐朱拉，她只能眼睜睜地看著弟弟被黑影拖走。

「朱拉……」

命運沒有給歐若拉多少時間傷心，因為，那倉促、亂糟糟、節奏毫無規律的跫音似乎更接近了，活像一批在宿醉中行軍的士兵。

新的恐懼襲上心頭，歐若拉噙著淚匆匆退至圓盤中央，尋找著一個靈感或一條退路，她踢到一件硬物，低頭一看，驚見那本媽媽留給她的童話書。

她抹抹眼睛，下一秒也將腳步聲的主人給看清了，只見密密麻麻的長腳從圓盤下方攀著邊緣，毫不費力地跳至歐若拉面前。

歐若拉失去血色的慘白面頰更是慘澹到無以復加，她被一整群漆黑多毛、與人同高的大蜘蛛給團團包圍了。

第〇章　黑色，世界的夾縫

歐若拉

藍綠色短髮，頭上有一搓呆毛。在現實世界中和弟弟一起住在德國、波蘭交界的孤兒院裡。

故事主人翁，因為意外進到童話世界，為了拯救弟弟朱拉，逼不得已朝冒險前進。原本膽小畏縮又愛哭的性格，為了找回被捉走的弟弟朱拉，在夥伴們的推進下，一路突破萬難，不斷成長，鍛鍊出意志堅定、無所畏懼、具有強大信念與毅力的個性。歐若拉可以從光明聖典中抽出長劍來攻擊，也可以抽出許多童話道具來投擲。

歐若拉的心臟狂跳不止，全身上下的血液從腳底倒流至腦門，讓她頭暈目眩無法思考，只覺得重心不穩。

她從來沒見過和壁爐一樣大的蜘蛛，不，比壁爐還要大，而且雙眼比木炭還要漆黑，齜牙咧嘴的模樣也比熊熊燃燒的火勢還要猛烈。

眼前的一切都太不真實，歐若拉甚至忘了要尖叫哭泣。更糟糕的是，她向來仰賴的精神支柱——雙胞胎弟弟朱拉生死未卜……

朱拉不只是歐若拉的雙胞胎，更像是她的鏡像倒影、完美分身。朱拉不在身邊令她悵然若失，彷彿整個人被一分為二，丟失了靈魂中重要的一部分。

現在，任何風吹草動都能將她嚇個半死，面對虎視眈眈的大蜘蛛，歐若拉的腦子像果凍，癱軟的四肢勉強撐著身體，一動也不敢動。

一陣強光自腳邊漾起，童話書不知何時竟冒出金光，攤開的書頁中央，還緩緩浮現一把閃耀虹光的寶劍。

歐若拉眨去眼中的狐疑，繼而伸出雙手，握住那很可能會救她一命的寶劍。

當掌心貼合金色劍柄，一股如冬日暖陽的溫度霎時由裡而外傳遍她的每吋肌膚，讓她紛雜的思緒安定下來。

雙面開封的寶劍看起來銳利無比，不知道是什麼材質鍛造而成，不像院長珍藏的銀器，也不像大宅的銅製古董門把，歐若拉從來沒有見過這麼特殊的金屬。

寶劍為她帶來勇氣，歐若拉順勢掄起寶劍，邊朝大蜘蛛揮舞邊吼道：「走開！」

大蜘蛛的口器不斷一開一合，渾圓黝黑的大眼睛緊盯著她，臉部細毛輕輕顫動。那是掠食者特有的專注神情，彷彿在打量她、評估她，思索著用何種方式能夠迅速撂倒對方。

歐若拉熟悉那種專注，在大宅中，每當孩子們吃完自己分配到的份量後，就會趁著院長不注意，掠奪別人盤中剩下的食物。

只不過，這回被視為佳餚的似乎是她本人，而且再也沒有兄弟能夠保護她了。

「滾！」歐若拉手持寶劍，希望能嚇退包圍她的大蜘蛛們。

寶劍握在手中沒有想像中來的沉重厚實，反而相當輕巧好使，然而在歐若拉過去的經驗中，從未接受過軍事訓練，唯一和使用武器最接近的行為，頂多只有拿餐刀在麵包上塗奶油，後來配給不足、奶油短缺，連使用餐刀的機會都省下來了。

所以，她只是以軟弱無力的雙臂揮動劍身，好比偷穿大人衣物的孩子般笨手笨腳，期盼大蜘蛛知難而退。

大蜘蛛以無比的耐心慢慢逼近，一次進攻一小步，愈來愈得寸進尺，好似看穿了歐若拉的把戲。

就在歐若拉坐困愁城的當下，一道銀黑色的光影翩然降至眼前，猶如自高處以華麗的姿勢一躍而下。

「喝，看招！」

那是一名扛著球棒的女孩，她身穿黑色馬甲短褲、足蹬長襪皮靴，手持一柄與手臂幾乎等長的金屬質地球棒，她的嘴角勾起一抹微笑，二話不說，高舉球棒猛然砸向蜘蛛。

「唧——」大蜘蛛倉皇四竄。

女孩在大圓盤上東奔西跑彷若一陣颶風，球棒又是揮又是砸，所到之處遍佈殘缺的蜘蛛屍體，這個歪了腦袋，那個斷了腿，歐若拉則是看傻了眼。

女孩好比一名盡責的清潔工，不到幾分鐘光景，就將蜘蛛們解決了大半，剩下的少數則拖著殘破的軀體忙著逃命，一下子圓盤上便清潔溜溜。

「妳還好嗎？」女孩問。

歐若拉微微頷首，危機解除之後，她陷入一種彷若置身夢境的麻痺感。「剛剛那些……是什麼鬼東西？」

「影蜘蛛，黑暗的爪牙，不過我已經通通解決啦，不用客氣。」女孩再度把球棒扛在肩上，右手往褲腳隨便抹了兩下，接著便朝歐若拉伸出手來，爽朗地笑道：「幸會，我是專門打擊黑暗的桃樂絲，妳怎麼稱呼？」

「我叫做歐若拉。」歐若拉瞧瞧桃樂絲凌亂的海草色短髮，再瞧瞧她裸露的臂膀，不禁脫口而出：「妳的打扮好奇怪。」

「歐若拉，妳也不遑多讓啊。」桃樂絲大笑。

歐若拉這才意識到自己身上層層疊疊的衣物早已不翼而飛，此刻，她身上穿的是一件軍綠色的短披肩和束腿褲，腳下則是一雙皮革柔軟的短靴，腰際束著相同材質的皮帶。

最古怪的是，這身不知從何而來的裝扮竟然沒有遮蔽她的腰腹，她覺得自己打扮得和貧民窟裡頭的陪睡女郎一樣，在仍然保有行動自由的年代，院長嚴格禁止他們靠近城市裡那個屬於混亂和骯髒的區塊。

歐若拉甩甩頭，像是想要從惡夢中清醒過來，她呆若木雞的神情讓桃樂絲露出同情的輕笑。

「說到奇怪，瞧，跟冰湖一樣的顏色。」桃樂絲捲起一段歐若拉耳邊的藍綠色短髮，拉到她的面前。

「這不是我的頭髮。」歐若拉用力扯下一段髮絲，瞪大眼睛細看。

「我懂、我懂，黑之月事件之後，整個奧茲世界都變得怪怪的，我每天早上起床時都感到無比茫然困惑，有時候照鏡子，還會認不出我自己呢。」桃樂絲灑脫地露齒而笑。

「妳說這裡是哪裡？」歐若拉蹙眉。

「奧茲。」桃樂絲答。

「沒聽過，這裡是德國或波蘭境內的小鎮嗎？」歐若拉問。

「倘若妳是翡翠城的子民，妳會宣稱整塊大陸都屬於奧茲帝國；如果妳效忠其他城堡，妳會說這裡是奧茲大陸；若妳和我一樣雲遊四海，沒有特別的政治傾向，便會稱這裡為奧茲世界，端看妳是哪一種囉。」桃樂絲回答。

「翡翠城？奧茲？」歐若拉歪著頭瞇起眼睛。

簡單的隻字片語引爆了歐若拉記憶中的連鎖效應，她努力搜索聽過的故事和讀過的書籍，驀地想起小時候聽院長朗讀的《綠野仙蹤》故事書。

緊接著，大宅後院的砲火、童話書散放的強光和幽暗的隧道拼湊出連貫的事實。儘管油然而生的想法荒誕不經，歐若拉仍懷疑自己掉進了書裡。

「妳說妳是桃樂絲，該不會妳還有隻名叫托托的狗吧？」歐若拉問。

「妳怎麼知道？那隻沒良心的臭狗哇，早就不知道跑哪兒去了。」桃樂絲兩手一拍，笑道：「啊哈，我懂了，妳跟我一樣是外來者。我本來和叔叔、嬸嬸一起住在堪薩斯，一陣龍捲風把我和托托颳了過來，妳呢？」

歐若拉眉頭深鎖，瞅了腳邊的童話書一眼，重新想起失去弟弟的經過。「我本來和我弟弟在一起，可是現在他不見了。」說到這裡，歐若拉不禁眼眶泛紅。

「我明白，和那隻臭狗托托一樣。」桃樂絲安慰。

「才不一樣，朱拉是我唯一的家人耶。」歐若拉失聲道。

「嚴格說起來，托托也是家庭的一份子，只不過牠通常都撿我們的剩菜吃。」桃樂絲思忖：「啊哈，也許牠開溜的原因正是對伙食不滿意？」

歐若拉雙手環抱自己，抬起頭來瞪著桃樂絲，對於面前女孩的過分樂天感到不可思議。她仔細回想故事書《綠野仙蹤》裡的桃樂絲，印象所及，似乎是個勇往直前不畏艱難的角色，確實和眼前大喇喇的女孩不謀而合。

「別擔心，反正我雲遊四海的目的正是除暴安良、日行一善，我會幫妳把弟弟給找回來的。」桃樂絲拍拍肩上的球棒，作出保證。

歐若拉沉默以對，要在這莫名其妙的世界裡尋找弟弟談何容易？她沒有把握，還有些生氣自己沒有鼓起勇氣跳下圓盤去追他。

忽然，一陣激動的尖銳嗓音插嘴說道：「我看見男孩被黑女巫抓走了！」

歐若拉驀地轉頭，滿臉訝異地注視著一隻三吋高、會飛、彷若精緻洋娃娃的生物開口說話。

「她是……」歐若拉瞠目結舌。

「她是一隻精靈。」桃樂絲替她把話說完，態度稀鬆平常，彷彿快速振翅、不規則繞著她們亂飛的小精靈和野花野草一樣隨處可見。

「錯！我是『白』精靈。」紮著頭髮、披著葉片的精靈以纖細的手指戳著桃樂絲的鼻頭說道。

「妳說妳看見我弟弟被女巫帶走？」歐若拉趕忙問道，內心燃起一絲希望。

「不對，我說的是男孩被『黑』女巫抓走，笨死了，不要黑白不分好嗎？」白精靈氣呼呼地說。

「妳這個小不點兒，脾氣還真大。」桃樂絲擠出苦笑，偷偷對歐若拉耳語：「看吧，黑之月事件造成的混亂。」

「白精靈，妳認識那個黑女巫嗎？」歐若拉追問。

「當然不認識，妳把我想成什麼人了？」白精靈抗議。「不過我嗅得出黑暗的氣味，就像我知道妳的書和劍屬於光明的一方一樣。告訴妳們，我親眼看見黑女巫幻化為黑影蜘蛛，用蜘蛛絲把男孩裹成一團然後帶走啦。」

「那我該如何找到我弟弟？」歐若拉又問。

「什麼笨問題？假使我知道的話，早就找到彼得潘了。」白精靈不耐地揮揮手。

黑女巫？白精靈？彼得潘？理智告訴歐若拉故事中的人物都是假的，可是眼前的一切卻又千真萬確。

歐若拉速消化這些訊息，她想，也許這裡就像是沾粘在一塊兒的書頁，故事和故事重疊、混淆，為了找到捕捉朱拉的「故事」，她必須堅強起來，儘快釐出頭緒才行。

「妳也在找人？最近有很多人失蹤嗎？」歐若拉問。

白精靈苦著一張臉點點頭。

「黑女巫抓他們做什麼？」歐若拉又問。

白精靈雙手抱胸，扁嘴搖頭。

「我聽說附近住了一個法力高強的森林女巫，或許可以從女巫口中打聽到情報喔。如何，要不要去試試看？」桃樂絲建議。

「好。」歐若拉同意。

有了新的目標之後，歐若拉發現自己不再顫抖了，明白自己不是隻身一人，這個觀點帶給了她些許慰藉。

她深深吸入一口氣，拾起地上的書本，將書背穿過皮帶繫在腰上，這本童話書是爸媽遺留下來的信物，也是她手中的唯一資產了。況且，說不定還得經由書本回去原本的世界，千萬不能把書搞丟才是。

「嘿，我喜歡妳的武器。」桃樂絲稱讚歐若拉的寶劍。「不過若是要對付怪物，妳還得更熟練才行。」

「沒錯，妳剛剛不像打架，比較像是在邀請蜘蛛跳舞，動作難看死了。」白精靈皺著鼻子說。

歐若拉無言以對，默默在皮帶上摸索著。「沒有劍鞘和揹帶，該怎麼攜帶寶劍上路呢？」

然而，童話書竟像是要回應主人的疑惑似地，封面突然綻放眩目的七彩光影，和閃閃發光的寶劍相互輝映，兩件物品猶如以同樣的語言和彼此進行溝通。

下一刻，書頁拉起一角，寶劍則逕自隱沒進入書頁。

「厲害。」桃樂絲誇道。

「我們要怎麼離開這裡呢？」歐若拉問。

話甫說完，腳下的彩繪玻璃圓盤便出現龜裂的聲音。

蜘蛛絲般的細微裂痕以肉眼難察的速度向四周蔓延，瞬間分解成千萬顆晶亮的玻璃寶石，伴隨眾人一起往下掉。

「啊……」

宛如一場突如其來的彩色驟雪，歐若拉、桃樂絲和白精靈失速墜落，任憑狂亂的空氣拍打她們的衣袖和髮稍。

歐若拉緊緊閉上眼睛，在虛空中不斷下墜、下墜、下墜……

第一章　紅色，熾烈的猜忌

小紅帽

狼族與女巫所生下的女孩，目前與媽媽同住。為了給外婆送餐而時常往返城鎮與森林之間。其外婆為魔法學院第二任院長，是受人景仰的超級大法師。腹黑、邪氣、偽裝、表面和善溫良，內心卻一堆壞點子的人，喜歡捉弄人為樂。有壞主意時，會低下頭、將帽子蓋住臉部，露出奸笑的樣子。認為自己最聰明，其他人都是笨蛋。這是因為她封閉自己的內心，以這樣方式和其他人拉出距離。當小木偶代替她承受光之力的一擊，才發現自己無法忍受失去珍貴的友情。

再次睜眼時，歐若拉意識到置身於一條蜿蜒狹窄的石板路上，放眼望去是清朗的白雲藍天和碧草如茵的丘陵，氣溫不冷不熱，新鮮空氣撲鼻而來，歐若拉被花朵與樹木氣味環繞，想起某段院長帶他們去郊遊的愉快回憶。

身旁的桃樂絲和白精靈從迷糊中恢復神智，桃樂絲揉揉眼睛，自言自語道：「這裡也太甜美溫馨了吧，簡直像是一首睡前的搖籃曲。」

「簡直像是童話故事中的場景。」歐若拉呢喃。

的確，映入眼簾的一切色彩都太過鮮明，蝴蝶在花叢飛舞，鳥兒於枝頭蹦跳，這片寧靜祥和的氛圍好似一幅會動的圖畫，光是站在此處，便覺得危險早被拋向遠方，故事已然翻開嶄新的一頁。歐若拉幾乎要相信，石板路會把她們帶往幸福的彼端，遠離所有折磨人的恐懼。

這必然是個結局愉快的好故事。歐若拉心想。

白精靈盤腿坐在桃樂絲頭頂，焦慮地拉扯自己和桃樂絲的頭髮，對於陌生的環境，她表現出異常的焦躁，和桃樂絲的隨遇而安形成強烈對比。

「白精靈，能不能請妳飛到高處，看看前面有些什麼？」歐若拉客氣地問。

白精靈咕噥了一聲，像是表示同意，也像是爆粗口。她振翅飛起，巡視一圈後再度降落在桃樂絲的頭頂，向她們報告：「前方有村落。」

「那我們就去村落裡找個人問問看吧。」桃樂絲歡欣鼓舞地邁開步伐。

通往村落的沿途上花團錦簇，風景依舊美得不像話。

歐若拉從小住在市郊河畔的大宅裡頭，早已習慣冷冰冰的灰色石牆和帶有樟腦味道的陳舊氣息，尤其戰火蔓延以後，她幾乎足不出戶，對於乏善可陳的晚餐也不懂得抱怨。

相較之下，舉目所及的一切都顯得繽紛可愛：平坦的石板路、翠綠的草木和鮮豔的花卉。這是全新的體驗，目不暇給的豐富顏色讓歐若拉很想拿紙筆將眼前的明媚風光記錄下來，卻又覺得會苦於找不到足夠運用的油彩。

「有房子。」桃樂絲比比前面。

遠方的小路彼端出現了第一幢房屋，那是一棟屋頂鋪有茅草的低矮房舍，潺潺小溪流過屋旁磨坊，帶動了緩緩轉動的水車。

歐若拉在院長收藏的故事書裡見過類似的插圖，圖片中的屋子和前方的磨坊小屋頗為相像，都有著高聳的山形屋頂、方正典雅的門窗和悉心照顧的庭院，佔地不比牛棚大上多少，卻給人一種居住在內便能得到幸福的甜蜜感覺。

磨坊小屋後方錯落著其他外型相似的屋子，三人往前走去，在磨坊小屋前停步。

「這裡便是村子口。」桃樂絲斷言。

這時屋內有了動靜，水車的運動像是觸發了某種開關，讓團團白霧從屋頂煙囪流洩而出，與低矮的白雲交互繚繞，陣陣烤麵包的氤氳麥香隨著微風飄散，讓人想要湊近窗櫺邊往屋裡瞧。

「好香，我從來沒有聞過這麼特別的麵包味道，裡面加了什麼？肉桂，還是小茴香？」桃樂絲像兔子般抽動鼻子。

歐若拉的肚子也不爭氣地咕嚕嚕叫了起來，她怒視空虛的胃部，因為糾結的飢餓感和罪惡感捏了自己一下。

「有人來了。」白精靈喊。

小屋前門倏地敞開，少女和少年一前一後步出屋外。

歐若拉好奇窺探，為首的女孩身材比她還要瘦小，身穿一襲合身的裙裝，俐落黑髮半掩在紅色斗篷的兜帽內，手腕上提著一只覆蓋棉布的藤編提籃。

她的外貌看似人類，卻擁有一雙夜行性動物能在黑暗中閃閃發光的金紅眼眸，冷冽的眼神好似能夠輕易看穿他人的弱點。

殿後的小男孩比女孩矮上一個頭，他穿著寶藍色的背心和短褲，打扮相當時髦，就像是養尊處優的少爺。小男孩亦步亦趨跟著女孩，怪的是，他舉手投足之間帶有一股生硬且不自然的違合感，好似忘了上油、齒輪卡住的機械。

歐若拉凝視兩人，等到他們愈走愈近，小男孩皮膚上明顯的木紋也一覽無遺以後，歐若拉才恍然大悟——男孩根本不是男孩，他是個提線木偶，難怪動作無比僵硬。

「小木偶？」歐若拉低語。

提籃子的女孩赫然止步，她斜睨歐若拉，神情戒備地問小木偶：「她是誰？」

「不曉得呀，小紅帽，妳又不是不知道，我只有妳一個朋友。」小木偶聳肩。

歐若拉沒吭氣。她想：原來是小紅帽哇，這樣那頂紅色斗篷就說得通了，不過，小紅帽和小木偶的故事又是怎麼沾粘在一塊兒的呢？

「不認識？那她怎麼知道你的名字？」小紅帽上下打量歐若拉等人，紅色目光中散發濃濃的敵意和猜忌。

「會說話的小木偶可是稀世珍寶耶，陌生人聽過我的名號也不奇怪呀。」小木偶對陌生人表現得興趣缺缺，他自顧自地哀求道：「妳是不是要去森林裡探望外婆？拜託帶我去嘛。」

「不行啦。」小紅帽嚴正拒絕。

「拜託拜託拜託。」小木偶嘟嘴，樣子宛如逢迎搖尾的小狗。

「今天我有事情想跟外婆商量，你在的話不太方便。」小紅帽回答。

「怎麼會呢？我們是最要好的朋友耶，好朋友是沒有祕密的。」小木偶不高興地雙手叉腰，齜聲罵道。

見兩人爭論不休，白精靈飛到歐若拉身旁，推了推她的頭，示意要她前去詢問森林女巫的消息。

歐若拉面露遲疑，眼前活生生的童話故事和她讀過的不太一樣。「她很兇欸，我不太確定……」

「我去。」桃樂絲大步走向小紅帽，扯著嗓門問道：「妳叫做小紅帽對嗎？請問一下，妳有沒有聽過森林裡住著一位法力高強的女巫呢？」

「女巫？」小木偶眨眨眼睛。「難道是——」

說時遲那時快，小紅帽轉身摀住小木偶的嘴巴，冷漠地說道：「妳搞錯了，附近沒這個人。」

小木偶會意過來，也跟著說：「沒這個人。」

語畢，他的鼻子瞬間拉長兩吋。

「沒聽過？好吧，那我們只好再問問別人了。」桃樂絲惋惜地點點頭，目光從自己凹陷的肚皮挪移至小紅帽手中的提籃。「妳籃子裡裝的是麵包嗎？我們快餓扁了，可以跟妳要兩塊嗎？」

「妳誤會了，這裡頭沒有麵包。」小紅帽緊繃的聲線洩漏了她的祕密。

小紅帽拽著小木偶的手臂，擠過歐若拉等人身邊，頭也不回地往森林的方向走去。

歐若拉凝視小紅帽逐漸遠去的堅定步伐，懷疑自己是否漏讀了《小紅帽》故事中的許多段落？

遠遠地，歐若拉又聽見小木偶欣喜地問：「妳決定帶我去了嗎？」

「真的不行。」小紅帽的語氣軟化下來，她對小木偶又哄又騙地說道：「我帶麵包拜訪外婆的時候，你可以把金幣帶去埋在上次我跟你說的那棵樹下呀，只要埋一個晚上，隔天就會生出很多金幣唷，你可以拿金幣去跟女巫進行交易，說不定就能變成真正的小男孩了……」

看著小紅帽和小木偶消逝在樹叢後方，諸多線索堆疊出嶄新的推論，尤其是親眼見證了小木偶的鼻子變長，讓歐若拉心中不停咬囁的懷疑更是變成了確信。

「小紅帽在說謊，她一定知道森林女巫是誰，或者，至少也聽說過女巫的一兩件事情。」歐若拉對其他人說。

「妳怎麼知道？」桃樂絲問。

「她表現得很反常。」歐若拉說。

「我不喜歡她！」白精靈嚷嚷。

桃樂絲扮了個鬼臉，不以為意地說道：「妳要知道，自從黑之月事件以後，所有人事物都變得不太正常了。」

「聽妳不斷提起，到底什麼是黑之月事件？」歐若拉問。

「就是衝擊整個奧茲大陸的黑白女巫對決事件呀，聽說那個血腥的夜晚後，雙方人馬死傷過半，原本平衡的勢力也被打破了。不過，黑之月事件當然也有可能只是個傳說啦，因為我自己連一個黑女巫都沒見過呢。」桃樂絲回答。

歐若拉陷入沉思，不知為何，女巫這個字眼就像是晚餐鈴，喚起了她根植於心中對於刨掘真相的渴望。

這天稍早，小紅帽在廚房裡幫媽媽做麵包——

「孩子，揉麵團要用力氣。」媽媽將木碗裡的麵團又摔又揉的，親自示範給小紅帽看。

「這樣麵包吃起來才會又香又有嚼勁。」

「我對做麵包不感興趣，我才不在乎麵包吃起來味道如何。」小紅帽翻了個白眼。

「怎麼這麼說呢？這間磨坊以後便是由妳繼承，妳得負責供應全村的麵包呢。」媽媽說。

「與其在家裡的廚房揉麵團，我寧可在外婆的廚房裡製作魔法草藥。」小紅帽邊說邊用手指戳麵團，把光滑的表面戳出好幾個洞。

「又來了，妳這孩子……」媽媽無奈地嘆了口氣。

「本來就是，村民根本不喜歡我，村裡的孩子老是嘲笑我的眼睛和耳朵，我又何必在意他們麵包吃得滿不滿意哩？」小紅帽索性把面前的麵團隨便一扔，雙手叉腰道。

「所以媽媽才替妳縫製了身上這件斗篷，遮住妳的耳朵呀。」媽媽語重心長地說道：「外面有很多怪物，我們必須居住在村子裡，村民會保護彼此，我們有鋤頭、有刀子，若物怪物來襲，待在人多的地方最安全。」

小紅帽聽了這番話以後，只覺得更加生氣了，並非她喜歡使性子，而是受不了村民的逃避和媽媽的鄉愿。

「外婆就不需要鋤頭和刀子的保護。」小紅帽氣呼呼地說。

媽媽瞪了她一眼，道：「若非她是妳外婆，我才不讓妳一天到晚往森林裡跑呢，外頭那麼危險，聽說連植物精靈都遭受污染了呢！而且村裡的人會怎麼看待妳呢？看看妳，全身上下沾滿了麵粉，不像個麵包師傅，倒像個不小心溜進麵粉袋裡打滾的小豬，以後哪個小伙子敢娶像妳這樣的野丫頭？」

小紅帽低頭，果然看見自己衣袖上、髮絲上和掌心裡全都沾染了灰白色的粉塵，彷彿在初冬的雪地裡玩了一整個下午。

反觀媽媽，雖然揉麵的雙手顯得蒼白乾燥，整體而言仍舊乾淨整齊，就連身上的圍裙都像是剛洗淨晾乾的床單，哪像小紅帽的衣服，早就弄得皺巴巴的，活像儲物罐裡的醃梅子。

小紅帽垂頭喪氣地拍去指縫裡的麵粉，她從來就不擅長烘焙，即使只是麵粉加水和一和，然後整型送進烤爐，她都能揉得歪七扭八，最後那些奇形怪狀的麵包只能留下來自己吃，根本不能拿出去販賣。

其實，她一心想要和外婆一樣，當個會使用魔法的森林藥草女巫。

村民對外婆半是尊敬半是畏懼，調配藥方可以製作麵包複雜多了，曬乾的草根加入午夜收集而來的露水，混上幾滴新鮮的樹木乳汁，過程繁複且不容出錯。有時候村民身上起了奇怪的疹子，或者高燒不退，就會求助於外婆的草藥。

每當病人康復，鼓起勇氣親自走入森林找到外婆的小屋向她道謝，都讓小紅帽羨慕極了，她也想幹些為人稱頌的大事，就算因此遠離人群也沒有關係，英雄總是帶有些許恐怖色彩的嘛，她對魔法一直抱持著濃厚的興趣，採集草藥、研究配方甚至獵捕那些傳說中的恐怖怪物才是她的心之所嚮。

無論如何，都比成天做麵包強。一想到前方等待她的竟是平庸無趣的人生，她就覺得再也無法忍受一分一秒。

小紅帽賭氣道：「誰說我要嫁人啦？我才不要一輩子住在這個鼻屎大的小村落呢！況且，村子裡的生活每況愈下，村長的牛隻數量愈來愈少，都快給怪物吃光啦。」

「噓！要是讓人聽見妳這麼詛咒村長，肯定要被趕出村落的。」媽媽揮揮手，麵粉自指間緩緩撒落，形成一道拒絕繼續溝通的煙幕。「唉，妳這脾氣不曉得是打哪兒來的？」

「我才想問妳呢，為什麼妳和爸爸都是藍眼睛，我卻是紅眼睛？」小紅帽回嘴。

「小紅帽！」媽媽高聲喝斥。

母女倆大眼瞪小眼，媽媽搖搖頭，將注意力挪回進行到一半的工作上，她先試試麵團的筋度，然後開始動手切割滾成長條的麵團，分成一個個準備送入烤箱的小圓麵包。

過了半晌，媽媽才又再度開口說道：「對了，說到妳外婆，今天我烤了些她要的特製麵包，配方中加了彩虹花，應該馬上就可以出爐了，妳給外婆送過去吧。」

小紅帽聞言雙眼一亮，問道：「那我可以順便在外婆家住一晚嗎？」

「不行。」

小紅帽正想討價還價，忽然，一陣急促的腳步聲闖入前門，小木偶抽抽噎噎地跑了進來，身上的背心都歪了，他一向引以為傲的羽毛帽子也揉成一團抓在手中。

「村裡的孩子又欺負你了？」小紅帽臉色一沉。

「他們好壞，說我不是真正的小男孩，不能跟他們一起玩，還拿石頭丟我。」小木偶哭哭啼啼地說。

小紅帽順手拾起木桌上的桿麵棍，在掌心邊敲邊罵道：「可惡，讓我去教訓他們！」

「等等，」媽媽急忙揪住小紅帽的斗篷，說道：「彩虹麵包出爐了，小紅帽，給妳外婆送麵包去，別惹是生非，要是妳外婆沒準時拿到麵包，可是會不高興的。」

「好啦，知道了。」小紅帽放下桿麵棍，決定暫時忍氣吞聲，不要連外婆也得罪了。她接過小木偶手中的帽子，撫平上方雜亂的羽毛，再次替他戴在頭上。小木偶是她唯一的朋友，兩人同樣深受村人排擠，覺得自己和世界格格不入，自然而然湊在一塊兒，形成兩個人的小集團，以反應靈活的小紅帽為首腦，小木偶則是忠貞不二的小跟班。

趁著媽媽將一條條彩虹麵包放入藤編提籃的同時，小紅帽湊到小木偶耳邊，悄聲說道：「沒關係，告訴我是哪家的孩子，下回我在他們的麵包裡頭『加料』。」

小木偶點點頭，臉上堆起崇拜的笑容。

「好啦，香噴噴、熱騰騰的六條麵包。」媽媽在提籃裡的麵包上覆蓋一層素色棉布，再把提籃遞給小紅帽。

「要去外婆家嗎？我可以去嗎？」小木偶問。

「不行欸，今天只有我可以去。」她說。

小紅帽打的主意是央求外婆收她為徒，如果學會魔法，村人就不敢欺負他們了。小木偶雖然對她忠心耿耿，嘴巴卻不太牢靠，這件事情得暫且對他保密才行。

「讓我去嘛。」

「三八欸，大家都不敢走進森林，只有你那麼想去。」

「我想跟妳在一起呀。」

小木偶一路纏著小紅帽走出家門，才剛踏出前庭，就碰見兩名未曾見過的陌生人，和一隻看起來十分暴躁的小精靈。

他們居住的村落很小，往來的商人大多就是那幾個熟面孔，但隨著森林裡伏擊的怪物數目增加，商人們出現的次數也愈來愈少了。

陌生人把小紅帽攔了下來，甫開口就想打探外婆的消息，小紅帽打量那隻精靈，懷疑她也是怪物的一份子，為求自保，也為了避免給外婆招惹麻煩，小紅帽決定不讓陌生人得逞。

「不知道，沒聽過。」小紅帽拽著小木偶快步離開村莊，然後隨便編了個連小孩都不會相信的謊言，打發小木偶離開。

「喂，如果路上遇到大野狼，千萬別搭理對方啊！」陌生人朝她喊道。

「神經病。」小紅帽拉緊了紅色斗篷的帽兜，抓穩了裝滿麵包的藤編提籃，頭也不回地邁開步伐走向深幽的森林，任憑龐大樹冠交織的黯影將她整個人吞沒。

村尾的磨坊小屋旁，歐若拉、桃樂絲和白精靈呆立原地，目送小紅帽和小木偶離開。

「世風日下，老實人都絕種了。現在怎麼辦？我真的很想吃麵包。」桃樂絲喃喃說道。

「妳還一心想著麵包？」白精靈忿忿地朝著桃樂絲的耳朵尖叫。

「噢，閉嘴啦。」桃樂絲挖挖耳朵。「差點忘了精靈不會餓，她們吸食幾口花蜜就飽足了。」

「算了，我們走吧，我知道一種嚐起來像是鹿肉的蘑菇。」桃樂絲說。

「其實我也不餓，我只想找到我弟弟。」歐若拉悶悶不樂地表示。

桃樂絲想了想，拍手笑道：「這個好辦，小紅帽的外婆住在森林裡，肯定聽說過森林女巫，我們一邊跟蹤小紅帽，一邊找東西吃，總比在村子裡亂轉來得強。」

三人立刻動身上路，她們闖入據傳普通人聞之色變的深幽森林內，沿途尋找折斷的樹枝和踩扁的草堆，追蹤起小紅帽和小木偶留下的足跡。

頭頂上的枝椏趨於茂密，幾乎遮蔽了整片藍天，像是點點綠意構成的高聳頂棚，藤蔓和斑駁的樹影大大影響了能見度，她們只能藉由偶爾自枝椏間撒落的金光觀察四周。

古老植被遍及粗壯的樹根和樹下的石礫，像是一條凹凸不平又濕滑的絨地毯，四周氣溫驟降，歐若拉全身起了雞皮疙瘩，除了緊緊尾隨桃樂絲的腳步別無他法。

所幸桃樂絲是野外求生的高手，有辦法憑藉自己的力量摸索出一條不會跌斷腿的道路。

「來，就是這種野果子。」桃樂絲隨手摘下幾顆酷似過熟的李子的不知名水果，嚐起來則像烤過的肉類，帶有淡淡的核桃香氣。

歐若拉小口啃食著水果，她猜想自己只能這樣一天捱過一天，在這段遙遙無期的旅程上，若是想成功把朱拉找回來，她需要足夠的熱量支撐她走下去。

她們尾隨濕潤的新鮮腳印，轉往向陽的一方，銳利的枝葉不時鞭打歐若拉的手臂，尖銳的石子則在她的靴子上留下刻痕，沒過多久，她的雙腳便磨出水泡。

從一個古怪的樹洞鑽出來以後，歐若拉開始見到許多奇異的植物，她們穿越一叢與人同高的亮紫色蘑菇群，蘑菇傘狀菇面上閃爍著一層金光，彷彿先塗上一層紫色顏料，然後再補上一層金漆。蘑菇的莖部膨大，下方的褶子裡則塞滿了一明一滅的螢光星點，好似地上的小仙子撐起傘來，替螢火蟲們遮風擋雨。

她還看見一種跟臉一樣大的蒲公英，潔白柔軟的花序結成絨球，她朝那團絨毛吹氣，蒲公英卻動也不動。

「不是這樣的，我示範給妳看。」白精靈清了清喉嚨，突然霹靂啪啦朝蒲公英痛罵起來：「你們這些好吃懶做的愚蠢種子不趕快去找個地方生根發芽，還愣在這兒幹嘛？」

蒲公英絨毛猶如自睡夢中被驚醒一般驀地四散而開，彷如倉促間收拾細軟逃之夭夭，霎時無數乳白色的小傘迎風飄搖。

「它們就是欠罵！」白精靈竊笑。

歐若拉嘖嘖稱奇，覺得自己彷若走入栩栩如生的夢境，但是轉念一想，她的確是穿越了現實，像夢遊仙境的愛麗絲一樣掉進了屬於她的兔子洞。

森林裡有些植物大得驚人，有些又迷你得詭異，好比跟指頭一樣小的樹瘤。她有些慶幸自己擁有兩名嚮導兼旅伴，一路上有吃有喝，要是光憑她一個人，恐怕早就在哭泣中被怪物吃掉了呢。

歐若拉伸手探向腰際的書本，再度確認童話書的存在，腰上的沉重的份量讓她感到安心，她知道自己隨身攜帶著回到家鄉的門，只不過目前還不清楚門鎖的鑰匙在哪兒而已。

「足跡到這裡以後就不見了。」桃樂絲狐疑地繞著一叢桃金孃打轉。

「白精靈，請妳飛高一點，看看附近有沒有人煙好嗎？」歐若拉要求。

「前方有動靜！」白精靈鼓動翅膀大喊。

先是一聲尖叫，然後是一聲狼嚎，刺耳音頻摩擦歐若拉的耳膜，讓她膽顫心驚。

「我們跟去看看，大家小心。」桃樂絲掄起球棒，躡手躡腳地快步走向聲音來源。

歐若拉與白精靈緊跟在後，她們迅速抵達一處偌大的水窪，眼前，數以萬計的根鬚自高聳筆直的樹幹上方垂落，猶如層層簾幕。

歐若拉姿態笨拙地踩著倒塌的枯木前進，盡力追逐桃樂絲熟練輕巧的步伐，樹木根鬚隨著歐若拉不穩的腳步在死寂的水面上撩撥出一圈圈漣漪。

最後，她來到躲在樹幹後方察探的桃樂絲身旁。

「那是什麼？」白精靈噤聲。

只見前方不遠處，橫倒的樹幹上站立著一名身穿深色西裝的男子，懷裡摟著一個披紅色斗篷的女孩。

不過，與其說那是男子，不如說是一條披著人皮的狼。

縱使男子打扮得人模人樣，下顎蓄著精心修剪過的鬍渣和鬢角，短髮則整齊紮在腦後，在他人眼中，仍然很難忽視男子聳立的雙耳、壯碩的雙臂和異常銳利的指爪。

歐若拉僵在原地不敢亂動，她害怕地想著，天哪，為了救出朱拉，她必須面對的就是那種「怪獸」嗎？

「那是啥？」桃樂絲以寂靜無聲的唇語問白精靈。後者雙手一攤。

「我相信那傢伙是大野狼。」歐若拉也以唇語回答。

大野狼全心全意注視著懷裡昏迷不醒的小紅帽，像是貪戀玩弄一塊肥美的肉，不知該從何下口。他深情款款地露出尖牙，道：「真的很想一口把妳吞掉。」

「小紅帽有危險……」

直覺催促歐若拉前去救人，白精靈卻推著她的額頭，道：「那個怪物看起來很危險，算了，我們不要管小紅帽了啦。」

「不行，小紅帽知道森林女巫的下落，森林女巫則掌握了我弟弟的消息。」歐若拉咬牙道。

桃樂絲表示理解地點點頭，隨即從樹後一躍而出，緊握球棒喊道：「住手，快把小紅帽放下！」

「妳們是誰？」大野狼把小紅帽摟得更緊了些，像是犬科動物捍衛自己的獵物。「憑什麼聽妳們的？」

「雖然我也不太喜歡小紅帽，但是我不會讓你這怪物吃掉她的！滾遠點！」桃樂絲怒吼。

「唉呀，她要張嘴咬小紅帽啦！」白精靈尖叫。

桃樂絲一聽，立刻揮舞著球棒衝向對方。

大野狼連連以優雅動作閃避，他邊跳過成排橫木，邊高聲說道：「妳們誤會了，我們狼人族早已不進行非必要的攻擊行為了。」

「別相信他。」白精靈飛在桃樂絲身側鼓譟。

「沒錯，三隻小豬可不會贊同你的說法。」雙方僵持不下，歐若拉則快步跟上。「我在書上讀過關於大野狼的事蹟，他打算假扮成小紅帽的外婆，然後把外婆和小紅帽通通吃掉。」

「我確實想過要假扮外婆，但目的是想把小紅帽帶回去給狼族撫養。」大野狼正色道：

「『把小紅帽吃掉』也只是一種說法而已，這孩子太可愛了，我是狼王的弟弟，小紅帽的叔叔。」

桃樂絲倏地停下，歐若拉差點一頭撞上她。「叔叔？」

也許是一路搖來晃去，把小紅帽給搖醒了，她撐開眼皮，啞著嗓子道：「搞什麼鬼……我的頭好暈……」

大野狼鬆開緊箍小紅帽的壯碩手臂，小心翼翼地攙扶她，協助她站穩身子，關愛之情溢於言表。

小紅帽站穩後定睛一看，迅速彈開了兩步之遙。她連滾帶爬衝向一棵大樹，背倚著粗糙的樹幹，與雙方人馬都保持一定安全距離。「你們是誰？」

「妳忘了嗎？我們在磨坊見過一面。」歐若拉提醒。

「這個壞蛋打算把妳拐走，是我們攔著他。」白精靈急忙向小紅帽邀功。

「我不是壞蛋，我是你的叔叔。」大野狼耐著性子解釋。

「等等，我見過你好幾次，」小紅帽瞇起眼睛，「你曾經在磨坊的角落偷看我，還在森林裡跟蹤過我，可是每當我想要逮住你，你又溜之大吉。」

「那是因為我奉命暗中保護妳啊，妳是狼族後裔。」大野狼說：「剛剛妳被幾個蘑菇怪偷襲，我打跑了蘑菇怪，想把妳帶去安全的地方，要不是有我跟著妳，妳早就不曉得被攻擊幾次了。」

小紅帽的眉頭糾結，精打細算的雙眼像燈塔般不停閃爍，彷彿在認真考慮要不要採信大野狼的說法。

此時，一朵烏雲飄過上空，完全遮蔽了樹梢之間的光線，森林陷入無邊無際的幽暗。黑暗中亮起兩對金紅色的眼眸，一對屬於大野狼，另一對則屬於小紅帽，他們倆的眼睛宛如點燃的燭光，照亮了所有事實。

接著，小紅帽輕輕摘下帽兜，露出一對和大野狼一模一樣的尖耳朵。那對毛茸茸的耳朵呈現三角形，絕對不是人類會擁有的雙耳，小紅帽轉動耳朵，傾聽周遭聲音，大野狼也做出相同的動作，任何明眼人都能看出他們倆的相似之處。

「關於這件事情，我想必須找外婆當面問個清楚。」小紅帽的臉上清楚寫著堅決。

「沒問題，女士優先。」大野狼彎身行了個禮。

「我們也一塊兒去。」桃樂絲見獵心喜，見小紅帽沒有反對，便收拾起球棒，跟在小紅帽和大野狼後頭。「反正我們也有些問題想要問問她。」

不過剛轉身，一陣突如其來的狂風便猛烈拍打樹梢，將枝葉都吹彎了腰。

剎那間落石如雨，拳頭大的石礫砸向大野狼，逼得他張開利爪，將錯落而至的石頭一一擊落，化身粉碎的砂石。

「臭狼，你這個低等的雜碎！」一名貌似不過三十初頭的女人身穿繡有玫瑰的法袍，手持一柄掃帚，不斷以掃帚頂端射出魔法攻擊大野狼。「拐走我女兒不夠，現在還想拐跑我的外孫女？」

「老巫婆，請你適可而止，要不是妳我還有一層姻親關係，我早就還手了！」大野狼拼命閃躲。

「放屁，誰是你親戚？」女人勃然大怒。

她的身材玲瓏有致，法袍包裹著曼妙曲線，皮膚也保持彈性與光澤，唯獨那雙似是看盡人生百態的滄桑雙眼揭露了她的年紀，流轉的深沉目光彷彿訴說著千百年來大陸上的事蹟。

「外婆，不要打了。」小紅帽跑至兩人中間，撐開雙手阻止打鬥繼續下去。

外婆停頓片刻，這才豎起掃帚。「哼。」

大野狼獨自佇立於幾步之外，他斂起爪子，但沒有收回防備的眼神。

兩人相互瞪視，以無聲的厭惡表情替代謾罵，如果不是大概理解了三人之間的關係，歐若拉會懷疑她們倆是分手分得很難看的舊情人。

「外婆，妳怎麼曉得我們在這兒？」小紅帽打破沉默。

「等了妳一個下午，沒看見人影，水晶球告訴我妳和這隻臭狼在林子裡廝混。」外婆啐道。

「外婆，他說他是我叔叔，是真的嗎？」小紅帽單刀直入地問。

「這……真多嘴。」外婆忿忿不平地瞅著大野狼，好一會兒才收回視線，對小紅帽囑咐道：「大人的事，小朋友不要管，走，我們回家。」

「外婆！」小紅帽氣得跺腳，她威脅道：「妳不說實話，我就直接搬去狼族的部落，再也不回家了。」

外婆愣了兩秒，隨即無奈地點點頭，道：「的確，孩子，妳是白女巫和狼族的結晶。」

「所以磨坊的媽媽——」小紅帽低語。

「是妳的養母。」外婆承認。

「我就知道。」小紅帽翻了個白眼。「我就知道我不是做麵包的料！那我親生的爸爸媽媽在哪裡？」

外婆凌厲的視線射向大野狼，彷彿想將對方萬箭穿心。「妳這孩子那麼敏感幹嘛……唉，原諒我暫時沒辦法告訴妳，以妳的個性，我擔心會做出什麼傻事。現階段妳只要當個平凡的孩子就好了。」

大野狼悶哼兩聲，雙手抱胸一臉鄙夷，毫不隱藏對外婆的不以為然。

外婆不理他，游移的目光落在桃樂絲等人身上，接著注意到歐若拉腰際的書本，頓時大吃一驚。「是、是光明聖典？」

「妳認得這本書？」歐若拉的手探向腰際，撫摸厚實的書皮。

「每當危及的時刻，書中是不是會冒出一把散發七彩的光之劍？」外婆問。

歐若拉不疑有他，點了點頭。

外婆走向歐若拉，繞著她轉了一圈，問道：「女孩啊女孩，告訴我，妳是打哪兒來的？」

「德國。」歐若拉答。

「和歐若拉一起來的，還有一個叫作朱拉的男孩。」桃樂絲插嘴。

「對，我弟弟被黑女巫抓走了，我正在找他，希望妳能夠告訴我們，黑女巫有可能藏身在哪裡？」歐若拉說。

外婆搓搓下巴，嘆道：「天意啊，黑之月事件之後，聖典和光之劍下落不明，我注意到最近黑暗力量似乎又再度蔓延，既然聖典重現於世，還把妳也帶來，想必是另一場戰爭即將開始。女孩，妳想要找回弟弟對嗎？」

「是。」歐若拉用力點頭。

「聖典在黑之月事件事件後被奪去了完整的力量，唯有齊集七種光的碎片，才能重現光之劍最初始的光輝，成為打敗黑女巫的關鍵。」外婆說。

「妳怎麼知道？」小紅帽問。

「我多年來周遊列國，人緣可是很好的呢，小道消息也聽了不少。」外婆說。

「我也感覺到黑暗力量蠢蠢欲動。」大野狼忽然插話。

小紅帽皺眉，問道：「外婆，妳那麼厲害，為何不出手阻止黑女巫呢？」

「孩子，妳不明白黑女巫的勢力有多麼龐大，我會被逼著離開妳外公，拋下自己女兒，也都是黑女巫害的。」外婆雙手一攤，落寞地說道：「聖典和光之劍會自行選擇繼承人，我早就退隱江湖，不問世事了。」

「難怪最近那麼不平安，若是這樣，白女巫怎麼沒有再次挺身而出呢？」桃樂絲問。

「沒辦法，三位白女巫已經在黑之月事件中遭受封印了。」外婆說。

「那就解除封印啊。」桃樂絲說。

「解除封印得靠完整的聖典和光之劍才行。其實，其中一個碎片，正藏在我們位處的這片森林之中，多年來由我守護。」外婆告訴她們。

歐若拉深吸一口氣，語氣篤定地要求：「請帶我們去取其中之一的碎片吧。」

「好，森林裡最古老的那棵樹下，生長著一種彩虹花，我把光的碎片埋藏在那兒。」外婆允諾。

小紅帽聽了，面色不悅地說道：「等等，妳藏了那麼大的祕密，居然沒告訴我？妳就那麼怕把女巫知識傳授給我？因為我父親是狼族？」

「這兩件事情一點關係也沒有。」外婆面色凜然。

這時，大野狼像是再也忍不住似地，說道：「老巫婆啊，妳嘮嘮叨叨一堆，幹嘛不直接告訴小紅帽，她的媽媽就是被封印的白女巫之一？別再瞞著她了。」

「什麼？」小紅帽詫異地雙眼圓睜。

下一秒，小紅帽突然轉身跑開，留下錯愕的眾人呆立原地。

「小紅帽要去哪兒？」桃樂絲不解地問。

順著她奔跑的路徑望去，外婆突然領悟了小紅帽的目的地。「糟糕，她要去搶光之碎片！」外婆急忙大喊：「等等，小紅帽，一個弄不好，光之碎片的力量可是會反噬的啊……」

小紅帽像是一匹靈活的小狼，邊拔足狂奔邊嘶聲道：「我是白女巫和狼王的女兒，憑什麼不能由我來解除封印？」

當眾人趕赴森林中央的古老樹下，湊巧目睹小紅帽和小木偶正在相互拉扯。

樹下的彩虹花綻放彩色琉璃般的光彩，每一朵花苞都像是冰晶般透明無瑕，中心的花蕊卻又包含了彩虹的七種顏色，因而散放出彷若有色鑽石般璀璨的光輝。

初見彩虹花，讓歐若拉心頭一陣溫熱，指尖也微微發麻。而小紅帽和小木偶，正在成片花海中妳推我擠、互不相讓。

「小木偶，你好大膽，敢跟我作對？」小紅帽臭罵她的跟班。

「小紅帽，不能靠近，那個發光的東西很奇怪……」小木偶攔腰抱住小紅帽。

「連你也想阻攔我解除封印嗎？」小紅帽不領情，奮力推開身上的小木偶。她的腳跟向後提起，正好踹在小木偶的脛骨上，痛得小木偶唉聲鬆手，小紅帽也得以自纏鬥中掙脫。

小紅帽想要摘取最碩大、最美麗的那一朵，她撥開葉片，手指伸向花苞，然而，當她的皮膚接觸花瓣，霎時間光明大作——

「啊？」

如同一百道閃電同時降下，也如同一萬面鏡子一併反射，刺眼強光吞沒一切，讓眾人不得不別開視線。

歐若拉喘息著摀著臉，等到感覺自己找回了視線，她才挪開雙手掌心，甫睜開眼，見到的畫面竟是小紅帽摟著身受重創的小木偶。

「天哪。」歐若拉驚呼。

小木偶身上的背心和短褲被燒成焦黑的破布，木頭做成的四肢被烤成又乾又脆的木炭，彷彿輕輕挪動就會折斷。本來會講話、會走動的小木偶，轉眼間變成一堆報廢的柴薪，想必是他替小紅帽擋下危險，自己卻慘遭火焚。

「小木偶？小木偶？」小紅帽處於震驚之中，她的臉色死白，伏在小木偶身上輕喚他的名字。

外婆走向二人，蹲低查看後搖了搖頭。「唉，小木偶被反噬的力量擊中，沒救了。」

「什麼？」小紅帽眼中明白寫著失望。

外婆沒有耽擱片刻，逕自走向大樹，掌心朝上，朝彩虹花伸出手來，最為巨大的那朵花自動脫離花莖，像把小雨傘似地旋轉著翩然降至外婆手中。

「把書打開吧。」外婆告訴歐若拉。

歐若拉將聖典從皮帶上取下，翻開第一頁。

彩虹花的花瓣緩緩散開，一片片融入聖典空白的書頁中，等到完全融合，書頁竟浮現出淡淡的字跡。

「目錄，小木偶，小紅帽……」歐若拉複誦著目錄上的文字。「書頁上出現兩則故事了。」

「每當聖典的力量收回一些，字跡就會更明顯，然後慢慢回復初始狀態。」外婆解釋。

「別管書了！」小紅帽粗聲打斷眾人，吸著鼻子對外婆說道：「求妳救救小木偶，是我要小木偶到樹下埋金幣，他才會跑來這兒的。」

「小紅帽，小木偶沒氣了。」大野狼實話實說。

「妳一定要幫幫他，拜託。」小紅帽哀求。

「莽撞的孩子，妳要學著多信任他人才行。」外婆揮揮掃帚，小木偶在魔法的驅使下漂浮於半空中，隨著掃帚指引的方向挪動。「我會把小木偶帶回小屋，確保他不再受到傷害，當聖典重拾完整力量，也許小木偶還有一線生機。」

「若是這樣，那我也要和歐若拉她們一起去找光之碎片。」小紅帽從地上起身，雙手握拳道：「雖然我不是繼承聖典的人選，不能解開媽媽的封印，但是我很會打架，一定可以幫得上忙。」

「妳是認真的？」外婆問。

「對。」小紅帽嚴肅地回答。

「也好，去吧孩子，不要妄自菲薄，在即將到來的戰役中，所有人都會扮演重要角色。」外婆揮揮掃帚，一把做工精美的剪刀憑空出現。「帶著這把魔法剪刀，它能自動變大變小，還能分開來當作雙刀使用，相信妳會用得很順手。」

「謝謝外婆。」小紅帽萬分珍惜地接下兵器，塞進隨身包袱裡。

「至於你，臭狼，別再當跟屁蟲了，你應該回去通知狼王，準備迎接即將到來的大戰。」外婆說道。

「不瞞你說，老巫婆，我正有此意。很高興我們終於達成共識。」大野狼向眾人紳士地鞠了個躬，手腳並用地奔入樹林。

「孩子們，黑暗勢力從不休息，妳們也別耽擱，趕緊上路吧。」外婆揮揮手。

「能不能告訴我們，另外六片光之碎片長什麼樣子呢？」歐若拉問。

「我也不清楚，但是我相信，當時候到了，妳自然就會明瞭了。」外婆提醒：「這趟路途上還有另外一層隱憂，奧茲王的獵巫行動愈演愈烈，他誓言剷除所有魔法的產物，妳們一定要保持低調和警覺才行。」

奶奶的耳朵為什麼這麼大？
那是為了聽清楚妳說的話啊，呵呵，呵呵呵。
晚餐實在不想吃的太油膩…
算了，將就一點吧。
妳在跟誰講話啦!?

第二章　橙色，燜燒的怒意

貝兒

由於羞於過大的胸部尺寸，內部會用緊身衣物加以壓束，然後穿著大衣掩蓋。大衣飄開的時候還是可以看見曼妙的身材曲線。戴著眼鏡，橘色長髮綁束成辮。貝兒氣急敗壞時會丟書，而且準頭驚人，但是她在連續動作中依然會考慮書本價值，若是遇到絕版的珍品則會收手，一般復刻就毫不留情的扔出去。

外表溫柔和善，談吐輕柔，思絮條理，姿態優雅。喜好錢財、珠寶，一切美麗與閃亮的物品，只要有錢什麼都好談，但不至於為錢財害人或不守信義，常很有智慧的創造雙贏局面。

「原來妳是從書中冒出來的。」小紅帽瞇起一雙紅眼，打量歐若拉腰際的聖典。

「對我而言，妳們才是從書中冒出來的呢。」歐若拉嘟嘴回答。

三個女孩和一隻精靈結伴上路已經三天了，她們盡量走在大路上，遠離森林和荒原，躲避可能埋伏的怪物，小紅帽的外婆告訴她們必須往西邊前行，但這一路以來，除了荒蕪什麼都沒有。

歐若拉在路上將自己的身世告訴桃樂絲和小紅帽，她們倆對於德國完全沒有概念，桃樂絲聲稱自己曾經周遊列國，但就連她也搞不清楚德國是哪裡。

在桃樂絲的認知中，奧茲大陸上只有村莊、城市和城堡而已，村莊和城市的差別則在於城市在大城堡的城牆內，村莊則在城堡的城牆外，兩者都和城堡唇齒相依，必須仰賴城主的保護和管理。

「所以在妳們的世界裡，也是戰事不斷？」歐若拉眼中浮現愁雲。

「當然囉，城主和城主為了領土打仗，村民和村民為了耕地打架，就連親手足都會為了一塊麵包而吵架呢。」桃樂絲拱起手臂，秀出勻稱健美的肌肉。「我是沒在怕啦，打架是我的強項，我們這裡的人從小就在打架中磨練格鬥技巧，要不要我教妳兩招？」

「不必了，我不喜歡打打殺殺。」歐若拉縮起肩膀。

「不管喜不喜歡，妳遲早都得舉起武器，手刃幾隻怪物。」小紅帽冷酷地直指現實。

歐若拉嘆了口氣，凝重的心情將她的嘴角兩側往下拉。

她明白小紅帽說的是事實，但是她從來不是面對衝突的材料，雙胞胎之中，朱拉才是那個勇於挺身而出的手足，歐若拉認為自己能夠堅持到現在，已經表現出迥異於以往的長足進步了。

「不要怕見血，妳想想，跑到閣樓偷看書是誰的點子？是妳啊，妳肯定擁有連自己都意想不到的勇氣！」桃樂絲繼續鼓吹歐若拉習武，一心想要擔任她的私人教練。

歐若拉苦笑著搖頭，最讓她感到苦惱的是桃樂絲旺盛的好奇心，自從聽歐若拉簡單描述從前的生活以後，對於「德國世界」和「奧茲世界」的差異便深感興趣，老是拿些莫名其妙的問題煩歐若拉。

「『德國世界』的人不外出打獵？那怎麼有肉吃？我們『奧茲世界』的小孩從小就在森林裡學做野兔陷阱耶。」

「我們通常向肉販買肉，但是自從戰爭開始以後，餐桌上就很少看到肉了，連新鮮蔬菜都相當難得。」

「可是妳說妳們那邊的人不會為了食物打架，那怎麼奪得耕地和蔬菜呢？」

「我們領一種『配給券』，政府發給每個人固定的份量。」

「假使分配不均，有人搶東西怎麼辦？」

「我們會交給法律仲裁。」

「法律？」

「就是一種人民都必須遵守的規定。」

「真是麻煩死了，用拳頭解決事情，好像比較有效率一點。」

歐若拉嘆了口氣，雖然桃樂絲問個不停，讓她的心思不致於一直在失蹤的朱拉身上打轉，但桃樂絲瀟灑不羈性格的壞處是不太會看人臉色，不時戳到歐若拉的痛處。

「有個雙胞胎弟弟一定很不錯，就像是有個免費又耐打的沙包。」桃樂絲一臉豔羨地問道：「等我們把你弟弟找回來，不知道他願不願意和我練習對打？」

「這……」歐若拉啞然失笑。

小紅帽則又是另外一種個性，她冷若冰霜，彷彿無時無刻都在觀察、評估他人，講話也一針見血。

「所謂的弟弟妹妹，就是一種愛哭又愛無理取鬧的生物，他們仗著年紀比妳小就吃定妳，就算只比妳晚幾分鐘出生也一樣。而且媽媽還會強迫妳照顧他們，甩都甩不掉，我寧可沒有弟弟妹妹，也很慶幸我的養母沒有再撿其他小孩回家。」小紅帽面無表情地說。

「呃，這也是一種觀點啦。」歐若拉回答。

而且小紅帽的記性好得驚人，到現在還記得五歲時降雪的第三天下午，她在路上碰見哭哭啼啼的小木偶，問清原委後順便幫他揍了三個孩子，每個孩子各賞了五拳。

小紅帽甚至連鄰居小孩偷了她家一塊麵包都能記到現在。

歐若拉暗暗提醒自己，千萬不要不小心得罪了小紅帽，省得半夜裡睡夢中被她五花大綁，然後吊在樹梢給怪物當點心吃。

「自以為是的小王八蛋，最討厭了！」

由於身為白女巫和狼族的混血，和人類不同的外貌給小紅帽帶來不少麻煩，她很習慣親手解決那些「麻煩」，對於惹到她的傢伙，她絕不手下留情。

「前面有一幢城堡！」白精靈降落在桃樂絲頭頂，手舞足蹈地向大家報告。

白精靈大多時候都窩在桃樂絲的頭上睡覺，她是個脾氣暴躁的旅伴，對食物相當挑剔，只吸食一小時內綻放花朵的新鮮花蜜，而且還要選開得最漂亮的那一朵。

挑睡午覺的地方也是一樣，她嫌小紅帽的帽兜布料太粗糙，又嫌歐若拉藍綠色的頭髮太滑順，最後選擇在桃樂絲燦金色的秀髮上築巢。桃樂絲本人不以為意，其他兩個人也樂得輕鬆。

所幸白精靈兇歸兇，行進間卻都安安靜靜地睡她的覺，偶爾擔任斥侯的角色。除了尋找彼得潘，白精靈對其他事情都興趣缺缺，反正她體積小，又長了一對翅膀，在隊伍中最不需要拔山涉水的就是她。

「看起來像是小紅帽外婆口中的城堡。」桃樂絲一溜煙竄上樹梢，觀望了一陣子以後，又俐落地跳下樹來。「從外觀看來，城堡打掃的很乾淨，應該有人維護，周遭也沒有怪物活動的跡象。」

說到怪物，在遭遇影蜘蛛襲擊以後，她們再也沒有遇到任何怪物，關於那些恐怖的傳說，桃樂絲倒是講了不少。

什麼會行走的蘑菇人啦、變異的熊怪啦，還有臣服於黑暗力量，瘋狂嗜血、以獵殺為樂的狼群。當桃樂絲提及被黑暗污染的小狼，小紅帽似乎有點不太高興。但桃樂絲依然說得口沫橫飛、興高采烈，讓歐若拉隱隱替她捏了把冷汗。

小紅帽推斷怪物們畏懼聖典和光之劍的力量，邪惡與光明天生勢不兩立，也許道行不夠的小妖怪雖然愚昧到效忠黑暗，但至少還懂得必須避開危險的道理。

「耶，我們進城堡裡休息。」白精靈歡呼。

在太陽即將下山之際，一行人鑽出鋸齒狀的茂密叢林，步入空曠山腰中的涼爽向晚。眼前廣大的四方形草地彷彿向四面八方伸展而開，夕陽餘暉撒落草尖，形成一道道閃爍金光，風起時，草枝隨風搖擺彷若稻浪。

修葺整齊的草坪之後，是一幢宏偉的古堡，看起來就像是歷史故事上中古世紀的法國城堡。古堡以明朗的幾何線條描繪出和諧極致之美，四座氣勢恢宏的大塔樓並列於前，裝飾繁複的屋頂和高聳林立的煙囪則參差錯落於厚實的石灰石圍牆之間，直角庭閣、山形窗戶呈現出協調的比例，再走近時，則能瞥見城牆上精緻的百合花雕刻與大理石鑲嵌。

歐若拉等人沿著草地中央筆直的磨石子路走向前方宏偉壯闊的要塞，來到氣勢磅礡的鐵灰色橫木大門前，她和小紅帽交換了一個謹慎的眼神，才剛舉起手來準備敲門，桃樂絲的槌柄便朝門框重重落下。

碰、碰、碰。

「有人在嗎？」桃樂絲高聲嚷嚷。「哈囉？聾了嗎？」

「真粗魯。」小紅帽瞪著桃樂絲，嘀咕道：「打算把附近所有怪物都吵醒嗎？妳的警覺性這麼低，到底是怎麼活到現在的？」

話還沒說完，大門便咿呀而開，門內迎接的是一位弱不禁風的瘦小女僕。

女僕看樣子很年輕，目測不超過十四歲，見到女僕的第一眼，歐若拉覺得她似乎有些眼熟，但這份奇異的感覺很快便散去，取而代之的是心疼與憐憫。

歐若拉心想，女僕還真可憐，臉色蠟黃、雙頰凹陷，細瘦的四肢好比火柴棒，還頂著一頭病厭厭的突兀粉紅色頭髮。如此年幼就在古堡裡賣身為奴，跟她一比，嬌小的小紅帽和纖細的自己都顯得營養過剩。

「妳們好。」女僕冷淡地行了個屈膝禮。

「嗨，我們特地前來拜訪城堡的主人，有重要的事情商量。」桃樂絲爽朗地說。

「好的，請進。」女僕向後讓了讓，把大門完全敞開。

「哇！」白精靈一馬當先飛入城堡大廳，舞動翅膀繞了一圈，發出滿意的咂嘴聲響。

桃樂絲跨出豪邁步伐，隨後是東張西望的小紅帽，和緊跟著隊伍深怕被遺忘的歐若拉，一行人步入室內。

比起雄偉的外型輪廓，城堡內部構造以不遑多讓的華貴展示出城主的財力，精雕細琢的家具、牆頭高懸的鹿首標本和隨處可見的藝術品映入眼簾，讓大廳中洋溢著一股難以高攀的冷清氣息。

「請各位稍等，我去請示主人。」女僕欠了欠身，面無表情地離開大廳。

「古怪的女孩。」小紅帽撇撇嘴。

「喂，到人家地盤作客，客氣一點。」桃樂絲提醒。

歐若拉於原地轉了一圈，她見到歷代主人的肖像畫掛滿了牆面，畫中的男人個個抬頭挺胸，雙下巴和大肚腩裹在繁複誇張的衣料內，擺出一副氣宇軒昂的模樣。女士們則穿戴層層疊疊的蕾絲衣裙，搭配閃閃發亮的鑽石戒指和寶石髮帶等貴重珠寶，嘴角漾著一抹炫耀的微笑。

「這城堡好漂亮。」桃樂絲稱讚。

「這城堡好奇怪。」小紅帽拉住桃樂絲的衣角，悄悄說道：「這麼富有的人家，除了剛剛那個怪女僕以外竟沒有其他僕從，而且安靜得好像一座死城。」

「呸，不要亂講，說不定其他僕人在放假呀。妳幹嘛老覺得別人都有陰謀，想要暗算妳？」桃樂絲說。

「這個節骨眼放假？」小紅帽嗤之以鼻。「妳真天才，服了妳了。」

不過經小紅帽這麼一提醒，歐若拉也覺得古堡不太對勁。

寂寥的空間裡，靜得連白精靈拍打翅膀的聲音都聽得一清二楚，在水晶吊燈冷清斑駁的幽影下，牆上的織錦畫中的獵人和一禎禎肖像畫裡的男女人物好似都在打量她們，那冰涼質疑的眼神彷彿懷疑她們是前來偷東西的竊賊，讓人毛骨悚然。

不消片刻，一陣蹬音沿著樓梯塔蜿蜒而下，那位瘦弱女僕再次回到眾人跟前。

「主人說，請各位到餐廳用膳，今晚也請留在城堡內過夜，一切事情等休息夠了，明日再議。」女僕說。

「太棒了，我要大吃一頓！」桃樂絲說。小紅帽則白了她一眼。

「這邊請。」女僕領著客人，走往位於城堡西翼的餐廳。

她們魚貫進入與大廳同樣富麗堂皇的餐廳內，來到桌畔後依序於單側就座，桃樂絲撫摸著絲質桌巾，嘴裡仍讚嘆連連。

「請問城堡主人會和我們一塊兒用餐嗎？」歐若拉問。

女僕從口袋摸出一包火柴，她取出其中一根，唰地擦亮火柴，以幽微的火苗點燃桌面燭台上的蠟燭燭芯，答道：「主人已經吃飽了。」

縱使歐若拉心繫弟弟和收復光之碎片一事，見小紅帽默不作聲，也只好忍著暫不提起，免得辜負了城堡主人的好意。

「請各位稍等，馬上就能用餐了。」女僕退出餐廳。

白精靈仍然東飛飛西飛飛，迷失在眩目的漂亮東西裡。歐若拉注意到她似乎著迷於閃亮的物品，像是花瓣上光澤飽滿的塵露和切割對稱的珠飾，此刻，白精靈降落在一柄擦得晶亮的湯匙上顧影自憐。

女僕再出現時捧著幾個餐盤，她雖然瘦小，身手卻相當靈活，不一會兒就像變魔術一樣，在歐若拉等人面前擺好餐具，還迅速送上了第一道前菜。

上菜的速度很快，不一會兒，長桌上便堆滿了各式各樣的山珍海味，有香噴噴的烤羊小排、入口即化的甜椒肉凍、滋味爽口的豬皮香腸佐花椰菜泥和新鮮香草點綴的鮮美蒸魚肉。

「堡內只有妳一個人？獨自做這麼多家事，真是辛苦妳了呢。」小紅帽意有所指地說。

歐若拉聽出小紅帽的弦外之音，但是女僕沒有理會賓客的問題，她的語調一如往常平板僵硬，像是一條拉直了沒有變化的綿線。「請問，要不要順便上甜點？」

「好哇。」桃樂絲舔舔指頭，說：「太美味了。」

女僕轉身端上滑溜的水果布丁，緊接著則是一個三層高的奶油大蛋糕，還有似乎永遠喝不完的果汁與牛奶。很難想像廚房裡有這麼多美食，居然還養不胖那位瘦巴巴的女僕。

在荒野中連續走了三天，日日以野果為食，每個人都早已飢腸轆轆，眼見桃樂絲放心地大吃大喝，肉汁還沾到臉上，活像在泥巴裡毫無顧忌地玩耍，小紅帽和歐若拉也忍不住拿起刀叉跟著開動。

扁豆罐頭和硬麵包吃久了，這些五花八門的菜色簡直在挑戰歐若拉味蕾的極限，她沉醉在滿口驚喜裡說不出話，心裡隱約的擔憂好比口中融化的奶油，只能一杓接著一杓，通通塞進胃中。

一時之間，女孩兒們忙著享受久違了的大餐，他們的眼中、口中和腦海裡除了食物再無其他，席間只剩下杯觥交錯的清脆撞擊聲，交織成一首心滿意足的歌。

搖曳的燭光讓她產生一種自己也是貴婦人的錯覺，歐若拉覺得肚皮愈來愈飽脹，心情也愈來愈滿足，一股睡意襲來，她開始希望城堡內的房間裡有張柔軟的大床和溫暖的被褥，能夠不用擔憂藏在樹影間的猛獸和怪物，想到這裡，讓她不禁打了個大大的呵欠。

正在專心研究銀質茶壺的白精靈被她突如其來的動作嚇了一跳，一個不小心，撞了身後的燭台一下。

長桌上的燭台倒塌，燭光瞬間熄滅，頃刻間彷彿有濃霧降下，餐廳陷入朦朧的幽暗。

歐若拉張開嘴巴想要道歉，對不起三個字還卡在喉嚨，卻聽見一陣憤怒的尖叫合併咒罵聲自樓上傳來，隨後是摔碎東西的碰撞聲。

桃樂絲立刻作出反應，她抓起置於膝頭的球棒，自座椅上倏地起身，椅子砰的一聲往後摔倒。小紅帽見狀也跟著站了起來，一手按捺在包袱上，隨時準備抽出她的魔法剪刀。

桌邊的女僕臉色倏變，她飛快打了個響指，霎時間，便隨著一陣瀰漫的煙霧消失於空氣之中。

「可惡，是幻術！」小紅帽啐道。

歐若拉定睛一看，桌上哪還有什麼羊小排和奶油蛋糕，根本是普通的碎肉丁混合涼豆泥，口中豐富的滋味早就無影無蹤，徒留歐若拉再熟悉不過的剩菜氣味。

小紅帽腦中的齒輪轉動，冷靜地判斷道：「那個女僕一定是黑女巫，恐怕這整棟古堡都被黑女巫控制了。」

「那光之碎片怎麼辦？」歐若拉憂愁地蹙眉。

「我反倒不擔心光之碎片，除了妳，大概沒人碰得了那玩意兒。」小紅帽回答。

「走，上樓去看看。」桃樂絲邁開步伐，轉身走出餐廳。

野獸在書房內來回踱步，每一步都踩得極其用力，彷彿正想找個東西來發洩怒氣。

貝兒滿面怒容坐於書桌前，以繡有玫瑰花的橘色大衣將自己緊緊裹住，她手中握著一柄手鏡，光滑無瑕的鏡面上倒影出她紅腫的雙眼，橘色長髮束成鬆散的髮辮，幾絲凌亂的髮絲垂落眼前。

此時此刻，雙方隔著桌面各據一方。書桌上燭光搖曳，將兩人吵架的影子拉得老長，照映在地板上顯得張牙舞爪。

貝兒撥開額際秀髮，不死心地再往鏡子裡瞧上兩眼，直到確認鏡中影像毫無變化，這才終於垂頭喪氣地放下手鏡。

「混蛋，」貝兒眼裡迸發烈火般的怒意，朝野獸叫罵：「你為了阻止我和家人聯繫，竟然連魔鏡都掉包了？」

「別誣賴我，當初我送妳那柄鏡子，就是為了讓妳能從鏡子裡看見妳爸爸，彌補妳想家的心情。我才沒那麼無聊，送妳禮物以後又偷偷掉包呢！」野獸以洪亮的嗓音大聲辯解。

「你倒是說說看，為什麼鏡子失效了？」貝兒翹腳坐在椅子上，手指不斷敲打著鏡面，叩叩叩。

「我不知道！」野獸生氣地回答，鼓脹的胸膛隨著呼吸用力起伏。

「別騙我了，我的姊姊們寫給我的信也是你撕掉的對不對？除了你，這棟城堡裡還有誰那麼大膽？」叩叩叩。貝兒的嘴角泛起一抹冷笑。

「妳說妳那兩個好吃懶做的姊姊？」野獸倏地停止踱步，轉身問道。

「看吧，你對我的家人有偏見。」貝兒哼了一聲。

「她們寫信給妳幹嘛？」野獸問。

「別裝傻了，你老早讀過信中內容，一定是因為你不希望我幫她們辦嫁妝，所以才故意把信給撕掉的！」貝兒說。叩叩。

「什麼？她們要妳幫忙辦嫁妝？還真是厚臉皮！」野獸不敢置信地瞪大雙眼，他伸出尖利的爪子，搖了搖食指，說道：「不不不，我不允許妳這麼做。還有，拜託妳別再敲鏡子了。」

「什麼叫做你不允許？」貝兒的手指凍結在半空中。

她感到體內成了交戰區，對丈夫的耐心和熱情瞬間熄滅，一顆心宛若冰封，同時卻也怒火中燒，胸口好比一座過度加熱的鍋爐，又冷又熱。

她很想乾脆拿幾本書往野獸那愚昧固執的腦袋上砸，看看會不會讓他變得容易溝通些？

老天，眼前的男人是她共同生活了多年的丈夫嗎？

思緒跌落從前，回想貝兒剛到城堡的時候，野獸可是對自己呵護倍至，愛慕的眼神如影隨形，一刻都離不開貝兒。知道貝兒愛讀書，便經常外出拜訪別的城鎮，採購新的書籍回來充實他們的藏書室，還會躺在貝兒懷裡討她歡心，撒嬌地要她替他梳理毛髮。

反觀今日，貝兒對野獸的劇烈變化感到不可思議，明明外表沒什麼變化，同樣雄偉的塊頭和茂密的毛髮，同樣充滿磁性的聲線和一生氣就藏不住的利爪……現在看起來，野獸似乎打算以那低沉的嗓音痛罵她、用銳利的爪尖撕扯她的頭髮。

姊姊們曾告訴她，男人一旦結婚以後，就會整個人一百八十度大轉變，殷勤的男人會變懶散，貼心的男人也會變得敷衍。那時她只當姊姊們嫉妒她擁有幸福，所以在她耳邊嚼舌根，原來，姊姊們所說的全是肺腑之言。

經過多年的婚姻生活，兩人已是老夫老妻，野獸幾乎不用正眼瞧她了。貝兒懷疑那包覆在絲質襯衫和鑲邊外套下的壯碩男人，是否還是她當初嫁的同一個人？

想到這個她就有氣，貝兒恨恨地提起一本書，砰的一聲用力扔在桌上。咬牙罵道：「你對我的家人真的很吝嗇！我早該料到，你根本就是個小氣鬼、鐵公雞，所以當初連一朵玫瑰花都不肯給我父親。」

野獸也不是省油的燈，他憤怒地頂撞回去；「才不是這樣，我氣的是他用偷的。倘若他開口跟我討，我絕對會把玫瑰送給他，而且還會送一大束。」

「你說我父親是小偷？」

「我才沒有那麼說，妳又隨便解讀他人的意思了。」

貝兒的怒火燃燒得益發熾烈，她質問道：「我姊姊就要結婚了，自從父親經商失敗以後，就一直很愧咎自責，連想要幫女兒辦個風風光光的婚禮都沒辦法，我不希望父親留下遺憾，你我生活無虞，拿出一些錢幫助她們又何妨？況且，你不想幫忙就當面告訴我，何必偷偷撕掉姊姊寫給我的信？」

「很好，我們又繞回來原本的話題了，這樣永遠都吵不完。」野獸臉上鬱積的痛苦讓他忍不住揉壓起太陽穴，他道：「好，我現在就當面跟妳說清楚，妳若是每回都讓步，他們就會吃定妳，還會一步步得寸近尺，永遠沒完沒了，還記得村長要求我們捐錢幫忙造橋鋪路的事嗎？」

「造個橋、鋪個路又怎樣？就當做日行一善。」

「那拓建村長家後花園的事情又怎麼說？」

「全村的小孩子們都在那兒玩耍呀，可惡，你為什麼要那麼計較？」

「我是要為妳出口氣啊……」野獸面露無奈，忽地他豎起耳朵，凝神道：「等等，我好像聽到有人在敲大門。」

「你聽錯了！自從你把我的家人拒在門外，我們就再也沒有任何訪客了。」貝兒傷心欲絕地說。

「總之，我沒有撕妳的信，也沒有掉包妳的鏡子。」野獸信誓旦旦。

「說謊！」貝兒氣得尖叫，她從書架上抽出一本莎士比亞的《羅密歐與茱麗葉》精裝本，瞄準野獸後拼了命扔出去，邊高聲痛罵：「羅密歐，吃我一記吧！」

桃樂絲、小紅帽、歐若拉和白精靈衝入書房，恰巧閃過了砸向門口的一本書。

歐若拉只見紛飛的書頁像是被嚇壞的鴿群般振翅，也在吼叫中捕捉到貝兒和野獸的名字，至於他們倆說出來的話，則都被對方的吼叫咆哮聲給淹沒了。

突然跑進來這麼多人，讓貝兒呆了半晌，不過也只有短促的一秒鐘。當她困惑的眼神一一掃過幾個女孩的臉龐，隨即勃然大怒。

「你不願意出錢幫我姊姊辦嫁妝，倒願意多雇用幾個年輕可愛的女僕？」貝兒質問。

「我不認識她們中的任何一個，只知道妳讓我頭很痛。」野獸拍著腦袋咆哮。

「說謊精！大騙子！」貝兒吼了回去。

「不信妳問他們。」野獸轉頭，以恐嚇的眼神對歐若拉等人說道：「妳們最好老實回答。」

「大家都先冷靜一下好嗎？」歐若拉盡可能以最和緩的語氣說道，一邊撿起腳邊的書本，她搞不懂故事中善良的貝兒和愛妻如命的野獸怎麼會吵得不可開交。

「我們是從森林另一端的村子裡來的。」小紅帽告訴他們。

「等等，我懂了，」野獸指指小紅帽，又指指貝兒。「天哪，妳的姊姊們派女僕來跟我們要錢？她們還真不要臉耶。」

「你說誰不要臉？」貝兒暴怒，她跳上椅子，從桌面上、書架上撈起更多書，一本接著一本開始隨便亂扔。

野獸左躲右閃，手裡還握著一本接殺的詩集，脖子上有如粗藤般的青筋浮現。「妳鬧夠了沒？」

「還沒。」貝兒尖叫。

「好啊，要鬧就鬧個夠，誰怕誰。」野獸索性伸出銳利的尖爪，左右開弓一陣刨抓，空中的書頁瞬間與書脊分家，化身為秋日裡凋零翻滾的落葉。

「你太過分了！」貝兒的掌心摀著嘴，卻擋不住悽厲哭喊。

白精靈一溜煙躲進桃樂絲的頭髮裡，桃樂絲則摀著耳朵，對小紅帽和歐若拉說道：「快想想辦法，他們要把城堡給拆了。」

「嗯，城主既吝嗇又難相處，我們該怎麼說服他們拿出光之碎片呢？」小紅帽晃動狼耳，斗篷帽兜跟著蠕動。

「別再吵啦。」桃樂絲再次衝進書房中央，邊閃躲飛掠的書本，邊試圖和兩人講道理。「大不了決鬥一場定輸贏嘛。」

歐若拉從門邊退開，悄悄打量鬧得如火如荼的書房，愈看愈覺得納悶。她自言自語道：「不對呀，《美女與野獸》的故事不是這樣寫的……」

城堡內的所有事情都很不對勁，這是非常肯定的。但是，究竟是什麼東西在作祟，讓溫柔的貝兒像是轉性了似的，又讓被馴服了的野獸爵爺重新化身為那頭憤慨的猛獸呢？歐若拉認為自己一定忽略了什麼重要的關鍵。

她將諸多怪事串連在一起，試著在千頭萬緒中釐出一條清晰的思路。

乾瘦的女僕；空蕩蕩的城堡；幻化而出的美食；熄滅的燭火與消失的幻術……

頓悟來得突然，終於，歐若拉想起自己在哪裡見過那位女僕了，嚴格說起來，並非她真的認得女僕的模樣，而是認出女孩行動的固定模式。

「一定是《賣火柴的女孩》的故事。」歐若拉驚喜地朝著夥伴們大喊：「桃樂絲、小紅帽，女僕的火柴有問題，黑魔法肯定是來自女僕點燃的燭火。」

桃樂絲還在忙著勸架，沒聽見歐若拉開口說話。

倒是小紅帽聽到了，那披著紅斗篷的女孩一個旋身，火速掏出外婆贈送給她的剪刀，立即朝書桌上的燭台飛奔而去，眨眼間，便喀嚓喀嚓剪去燭芯。

燭火熄滅，貝兒和野獸大吵大鬧的氣燄也跟著滅了。

「搞什麼？」貝兒回過神來，臉色頓如槁木死灰。「是誰把我珍藏的寶貝書籍丟滿地的？」

「不是妳自己嗎？」野獸揉去眼中的疑惑。

「是我？」貝兒瞪大雙眼環顧四周。「真是一場災難，我們剛剛在打架嗎？」

「老實說，我的確記得和妳拌嘴，但是吵架的內容和題材，我已經記不清楚了。」

「我也想不起來了。」貝兒惋惜地彎身拾起一疊畫冊破損的內頁，再轉頭時，赫然瞥見歐若拉等人。「妳們是新來的女僕嗎？呃，是我還沒從午覺的惡夢中清醒過來？還是缺失了一大段記憶？」

歐若拉等人在簡單的自我介紹後，快速說明了貝兒與野獸方才的爭執。聽過三人的說法，再對照前因後果，貝兒與野獸不住啞然失笑。

「原來我們被那個看起來可憐兮兮的小丫頭給耍得團團轉哪。」貝兒扼腕地敲敲自己的頭。「當時看她在城堡外挨餓受凍，覺得挺可憐的，才把她帶回來照顧，沒想到竟然是黑女巫的爪牙，真是好心沒好報。」

「所以，我送妳的魔鏡八成也是被那賣火柴的丫頭給偷走了。」野獸悶悶不樂地說。

「沒關係，不差那一柄鏡子的，我可以親自回村莊探望家人啊。」貝兒摸摸丈夫的臉頰，動作充滿憐愛，彷彿野獸是她最珍愛的藏書。

「對了，城堡內原本的僕人呢？」小紅帽問。

「如果我沒記錯，那個假扮為女僕的黑女巫好像嫌他們太煩人，所以通通鎖進地下室裡頭了。」野獸尷尬地抓抓頭，道：「事實上，我還親眼看見她那麼做，當時竟然不覺得有什麼不對。」

「都怪我太過輕信別人，唉，可惜了這些好書。」貝兒依偎著野獸，望著滿地破損的書頁發愣。

「別難過，我會再買很多新書給妳的。」野獸親暱地吻了貝兒的頭頂。貝兒則報以微笑。

兩人依依不捨地分開，接著，貝兒正色對歐若拉等人說道：「謝謝妳們，要不是妳們幾個識破了黑女巫的詭計，我們可能永遠不會有神智清醒的一天呢。奧茲王一直逼迫我們表態，希望我們支持他，成為翡翠城的附庸，而黑女巫也不斷派使者前來遊說我們加入女巫勢力。」

「奧茲王和黑女巫兩方數年來不斷角力，一直試著拓展自己的版圖，最終目標是稱霸整個奧茲大陸。本來我們不打算選邊站的，現在看來，非得做出決定不可了。」野獸與貝兒對看一眼，後者點頭表示支持。

「妳們打算投效奧茲王？」桃樂絲連忙搖頭擺手：「頭殼壞了？千萬不要哇，我聽說了好多他迫害人民的事蹟，我曾經路過一個村子，全村男人小至能跑能跳、大至拄拐杖的通通被他抓去充軍了呢。」

「當然不是。」貝兒噗哧而笑，解釋道：「我們決定投效光明的一方，我們支持白女巫，支持妳們。」

「我們？」歐若拉受寵若驚地喊道。

「關於奧茲王的暴虐無道，其實我們也略有所聞，在昏庸的君主和陰險的黑女巫之間二選一，我們寧可把所有身家下注在看似不是最有希望、理念卻最為契合的一方。」野獸說。

「謝謝，真是太感謝了。」桃樂絲感動地說。

貝兒面帶微笑，捏了捏丈夫的手。「別客氣，對了，妳們剛剛說需要什麼幫忙？」

「光之碎片。」

「碎片？長什麼樣子呢？」

歐若拉下意識觸摸皮帶上緊繫的聖典，以掌心感受寶石散發的溫度。她想起小紅帽的外婆曾說，聖典繼承人應該對光之碎片有所感應，於是她靜下心來，憑藉直覺踱至書桌前方。

「雖然不太確定，但我有一股強烈的直覺，光之碎片就在這房間裡。」歐若拉伸手指向書桌。「而且，很可能就放在書桌抽屜裡。」

「抽屜裡？我想我大概知道是什麼了。」貝兒點點頭。

貝兒拖曳著玫瑰外袍橫越書房走向書桌，她拉開中央的那層抽屜，取出一本裝禎精美的褐色鹿皮封面書籍，書背上以金漆字體勾勒出優美的「日記」二字。

「光之碎片是日記？這下子我可搞糊塗了。」野獸說。

「當然不是。」貝兒故作神祕地笑了笑，對野獸說：「還記得嗎？當我從村莊裡趕回來，以為你已經死了的時候，淚水落在枯萎的玫瑰花瓣上？」

「記得。」

貝兒翻開日記本，書頁從中一分為二，一枚乾燥的粉色花瓣霍然現身眾人眼前。

歐若拉的腦海中浮現野獸倒在地上沒了氣息，貝兒則匐在他胸前啜泣的畫面，之後的故事她幾乎能倒背如流，貝兒的淚水滴在野獸臉上和滿地的玫瑰花瓣上，深情地與他吻別，沒想到竟喚醒了野獸。

乾燥花瓣旋轉著飄了起來，同時綻放出遠超過粉紅色的七彩光譜，呈現出與貝兒外袍上精緻的玫瑰繡花般同樣嬌豔的怒放姿態。

「我一直把花瓣收藏在書頁裡。」貝兒轉頭詢問野獸：「親愛的，我可以把這枚花瓣送給我們的恩人嗎？畢竟我們的目標一致，都想要打敗破壞世界和平的黑女巫。」

「傻瓜，我的就是妳的。」野獸說。

「不會挑剔我姊姊們太貪心？不會想替我出口氣？」貝兒打趣道。

「妳還記得？」野獸驚呼。

「一點點啦。」貝兒大笑著擁抱她的丈夫。

隔天一早，歐若拉等人吃飽喝足，整裝待發。

這回她們是真的在城堡主人的招待下享用了一頓貨真價實的豪華大餐，也在柔軟的睡榻上求得一夜好眠，早上起床時每個人都神清氣爽、容光煥發，過去幾天來累積的疲憊一掃而空。

她們在城堡大門口和貝兒以及野獸道別，此刻，歐若拉的聖典裡已經收復了第二枚光之碎片，還又多了《美女與野獸》和《賣火柴的女孩》這兩個故事。

「接下來該往哪個方向呢？」桃樂絲扛起球棒。

「昨天晚上我熬夜查書，翻遍了收藏的奧茲各國編年紀，然後寫下了這張紙條還畫上地圖，給妳們帶在路上參考。」貝兒遞出一張羊皮紙。

「太感謝了。」小紅帽把羊皮紙摺疊整齊，收進包袱裡。

揮別《美女與野獸》的城堡以後，她們稍作討論，然後決定按照抄錄的地圖，前往兩天路程之外的高塔，拜訪傳說中深居簡出的高塔公主。

吃飽、睡飽，懷抱著志得意滿的心情，此時此刻，她們還不曉得即將面對的公主可沒有貝兒那麼好講話呢。

每次回到城堡，她都在讀書呢。
貝兒公主真的是童話世界裡最用功的公主了。
就讓她靜靜的讀書吧…
趁這個時間我來整理一下她的圖書室。
咦？
落難王子壞奴才
獸籠俘虜
不聽話的野獸王子
禽獸
擇木而棲
野獸，最近是不是有人進入了我的圖書室？
怎…怎麼可能呢。
我只是一隻不識字的野獸喔…
啦~啦啦~~啦~~

第三章　黃色，搖擺的惰性

桑席（長髮公主）

平日面無表情，三角嘴，死魚眼，超級沒有幹勁，動不動就打呵欠，一副很無聊又沒精神的樣子。反正有薑餅人和青蛙王子服侍，可以飯來張口茶來伸手。

被北國女巫困在高塔上的公主。頭髮有精靈寄宿於其中，可以憑意志控制頭髮移動、伸長縮短。對各種事都提不起勁；即使要做，嘴上也會碎念麻煩、不想做。喜歡宅在家，不愛出門且私下邋遢。受詛咒的長髮，也看不下如此邋遢的公主，所以長髮會主動幫忙做家事、整理儀容，讓長髮公主能維持美少女的形象。

「拜託去幫我撿金球嘛。」公主撒嬌。

公主擁有一頭燦爛如黃金的秀髮，披落在白色襯衣敞開的衣領上，隱約露出蒼白如牛奶的光裸小腿與腳踝。

「妳最珍貴的金球又掉進池塘裡去了？」王子耐著性子問道。

王子富有磁性的悅耳嗓音宛如深夜裡的蛙鳴，外型高瘦俊俏，儀態溫文合宜，舉手投足間儘是貴族受過良好教育的優雅氣息。

「妳是不是又故意把金球扔進池塘裡，只為了看我爬上爬下地為妳捨命表演？」王子的眉毛因促狹和深情而高高挑起。

「才沒有呢，你明明知道我最討厭運動和曬太陽了，怎麼可能把球丟得那麼遠？」公主無辜地嘟起小嘴。「幫人家撿嘛，拜託？」

「真拿妳沒辦法。」王子寵溺地搖搖頭，隨即翻過城垛，以熟練的技巧俐落爬下高塔。

窗邊，公主坐在四四方方的石砌窗檽上，背倚著冰涼石牆，手裡把玩著一朵王子特地摘來取悅她的豔黃雛菊，王子說雛菊的顏色很配她的髮色。

公主自認為她的金色長髮比可比鮮花美多了，尤其是當微風輕拂，飄逸的秀髮隨風搖曳生姿時，更彷彿擁有自己的生命般跳著一支動人的獨舞。公主覺得自己最好能夠整天一動也不動，像一幅畫一樣盡情向世人展示她的美麗，高塔的窗框便是公主的畫框。

她望著王子的背影偷笑，看著他一路越過勾破衣服的樹籬和惱人的雜草堆，然後涉水踏入池塘，舉步維艱，還把自己弄得濕答答，只為了幫公主找回最鍾愛的玩具。

下半身浸在水裡的王子抽出長劍，揮劍砍斷池塘內遮蔽視線的水草，然後把劍插入看不見的泥濘裡，認真找尋公主的失物。

「嘻嘻。」公主嗅了嗅手中的雛菊。

青蛙王子簡直就是從夢境裡走出來的完美情人，他善良、勤奮、富有家教、脾氣又好，對公主可說是予取予求，和公主本人恰好完全相反。

「撿到了。」下半身濕漉漉的王子蹣跚爬出池塘，高舉金球對公主燦然一笑。

「好棒。」公主點點頭。

受到鼓舞的王子立刻爬出池塘，他先在池畔洗淨褲管和靴子上的淤泥然後用力擰乾，接著自口袋取出一條潔白如新的手帕，擦拭金球和自己的寶劍，接著才循原路回到高塔上。

「哪，金球。」王子捧著金球，汗水自額際淌下。

「放在櫃子上吧。」公主以下巴朝角落比了比。

「別再搞丟了。」面帶微笑的王子把金球安置妥當，又匆匆趕回公主身邊。「想喝茶嗎？還是吃點心？要不要我讓傑克耍把戲給妳看？」

「喝茶好了。」公主說。

王子走向牆邊的茶桌，慢條斯理地砌了一壺紅茶，看到茶水色澤是公主喜歡的磚紅色了，便加入兩顆方糖再擠上少許檸檬汁，放在茶碟上端去窗邊。

「來，喝茶囉。」王子以食指和拇指捏著提把，以杯就口，一小口、一小口慢慢餵給公主喝。「好喝嗎？」

「不錯。」公主回答，態度不慍不火。

公主將茶一飲而盡，王子收拾杯盤，重回公主身旁，又是捏腳又是搥背的伺候了好一陣子，他屢次想要開口說話，卻又把即將衝出嘴邊的言語給吞回肚子裡。

「你想說什麼？」公主睨了王子一眼，抱怨道：「你這副欲言又止的模樣，看得我很心煩欸。」

王子停下動作，擠出一絲靦腆笑容，吞吞吐吐地說道：「親愛的，我們交往也好些時間了，我是真的很喜歡妳。」

「我知道哇。」

「我覺得我們兩人情投意合，非常互補，妳懶得動，剛好我是天生的勞碌命，妳不喜歡出門，我願意為了妳赴湯蹈火在所不辭。」王子頓了頓，鼓起勇氣道：「我真心想將妳介紹給我的父王和母后，希望妳能和我回國。」

公主聽了馬上翻了個大大的白眼，嘆氣道：「又來了？」

「我想娶妳，想得心都痛了。」王子的眸子裡閃爍著熱切。

「你這樣子讓我很為難。」公主的語氣裡的溫度驟降，她別開臉，王子的心也跟著凍結了。

兩人的婚事已經討論了個把月，一直定不下來，又或者說，兩人談不攏的關鍵原因在於，就「稟告父母」一事上無法達成共識，公主並不想公開兩人的關係。

「我知道我不夠好，配不上妳，但求妳給我個證明心意的機會……」

「不是這個問題。唉。」

王子像是做錯事的小孩，以眼尾餘光打量他心愛的公主，公主則緊抿雙唇凝視窗外，不再吐出隻字片語，一副心事重重的模樣。

遠方道路揚起塵埃，這時，公主驚慌地推開王子，催促道：「啊，我的母親大人回來了，你還是明天再來陪我吧。」

「可是……」

「你明明曉得我的母親大人有多麼過度保護！」公主厲聲道，語氣中的份量不容質疑。

「好吧。」

王子再次氣餒地攀下高塔，從塔後的樹林繞道而去。

沒過多久，一名頂著狂野亂髮、身穿棗紅色鑲金邊長袍的女子便哼著歌兒步出森林。她一手握著法杖，一手則拖著一個還在蠕動的棉布包裹，邊走邊以爪型法杖撥開橫亙於眼前的樹枝，法杖頂端尖刺碰觸的每一片葉子，全在轉眼間因為染上毒害而萎縮乾枯，猶如死亡多時的枯骨。

那身懷劇毒的黑女巫便是公主的養母——葛索。

葛索來到高塔下，以歡快的嗓音歌頌道：「桑席啊桑席，放下你的長髮，讓我爬上金色的梯子吧！」

桑席公主聽話地將滿頭金髮拋出窗外，霎時間長達數層樓高的長髮滾落高塔，好比在陽光閃爍下熠熠生輝的瀑布。

葛索將桑席的長髮當作吊索，先把大包裹拉上高塔，然後再把法杖插在腰上，抓著好比繩索的長髮、踩著高塔壁面一路向上攀爬，輕輕鬆鬆便跨坐窗台，隨後躍入高塔頂端的房間內。

「母親大人。」桑席收攏長髮。

葛索將法杖靠在牆邊，踹了踹地板上的大包裹，包裹發出一陣嗚咽悲鳴，葛索圓睜的雙眼快速轉動，像是兩把活蹦亂跳的鬼火，盈滿瘋狂且熱烈的喜悅。

「看我給妳帶了什麼回來。」葛索蹲跪在地上，動手解開包裹上緊緊纏繞的繩結。
桑席退卻一步，狐疑問道：「是什麼？」
「噹噹，一隻新鮮的果子狸。」葛索甩開滿頭亂髮，獻寶似地往後一站。
果子狸體型像貓，長相則更似老鼠，牠的四隻腳掌是黑色的，毛色則接近棕色，唯獨頭頂至鼻頭是一道明顯的白色紋路。倒楣的果子狸橫躺在展開的棉布中央，四隻腳被綑綁在一塊兒，仍不住死命掙扎。
「可真新鮮。」桑席嘀咕。
「沒錯。」葛索吞嚥口水。
「我們不能吃松雞或兔肉就好了嗎？」桑席問。
「開什麼玩笑？我可是費了好一番功夫才逮到牠的呢，果子狸的肉質鮮嫩無比，對女人來說最營養了，妳是我的小寶貝，我當然要給妳好好補一補。」葛索伸出手，溫柔地來回撫摸果子狸的毛髮，惹來果子狸驚慌尖叫。「讓我先摔死牠，然後拔光牠的毛、剝了牠的皮，再切塊丟進湯鍋裡煮給妳吃。」
果子狸斷斷續續地尖叫著，緊縛的小爪子徒勞地刨抓空氣，閃亮亮的小眼睛似乎要滴出水來。
桑席雖然為了牠即將面對的命運感到惋惜，卻也不敢過分忤逆葛索的意志，只好別開視線。

「吵死了。」葛索斂起笑容，目光閃過一層好比凜冬的寒意。

下一秒，葛索雙手拽住果子狸的尾巴，奮力往頭頂的天花板拋去。桑席只聽見耳畔傳來砰的一聲，果子狸便再也沒了聲音。

「呵，安靜多了。」葛索說。

桑席雙唇緊閉，從頭到尾，她的眼光始終盯著遠方樹梢的一只鳥巢，她想像著成鳥日日啣回小蟲餵食雛鳥，然後雛鳥一天天羽翼漸豐，最後離開鳥巢，學會自行覓食。

嬰兒時期的事情，桑席已經想不起來了，自她記憶所及，便被葛索豢養在這座沒有樓梯也沒有大門的高塔之上。

葛索像隻盡責的母鳥，照料桑席一切生活所需，幫她添購新衣、備齊家具，每天洗衣煮飯，三餐還會變換菜色，可說是事事以桑席為主且毫無怨言，展現出完全為小孩犧牲奉獻的母性。

這輩子桑席從來沒有為生活操勞過一天，終日茶來伸手、飯來張口，葛索也就這麼寵著她。可是，即便享有如此不愁吃穿、無憂無慮的生活，為什麼桑席的心裡總是覺得空蕩蕩的呢？

桑席身穿來自東方的綢緞織錦，布料上點綴著精巧的花鳥，卻不知道所謂的東方是哪裡。

桑席品嚐養母交易而來的香料，對於口中翻滾的滋味長什麼模樣，可是一點概念也沒有。

桑席飲用一種苦苦甜甜的濃稠飲料，飲料的名稱前所未聞。

桑席睡在羽毛床墊上，做著沒有恐懼和憂慮的夢，夢境裡卻只有一扇大窗戶。她只敢眺望窗外，卻不敢翻過窗邊，惟恐掉下高塔以後，她必須被迫面對應接不暇的未知。

夢境反應現實，現在看起來，這座吃穿不虞的高塔不像鳥巢，反而更像籠子。

緊接著，她想起青蛙王子的求婚……

葛索開始忙著料理那隻死去的果子狸，她坐在角落裡，把果子狸的屍體直接擱在裙子上，還一邊哼著一首歌，也不管血水沾了滿身，讓棗紅色的裙擺更添幾分殷紅。

「母親大人，」桑席試探性地問道：「您每天外出打獵，替我張羅吃的，實在是太辛苦了，也許妳可以教我兩招，讓我幫妳的忙？」

「沒必要，妳乖乖在家裡當妳的公主就好了。」

「萬一有一天您年紀大了，總是需要我來接替您的工作？」

「放心，我還可以活好幾百年哩。」

桑席聞言心頭一涼，於是她換了個方式，以撒嬌的聲音說道：「母親大人，高塔裡好無聊喔，我已經長大了，想要出去看看這個世界，也許還能交交朋友什麼的，好不好嘛？」

葛索抬起頭來，亂髮散佈在臉上和肩膀上，臉頰和髮稍則滿是血漬，加上懷裡的果子狸屍體，看起來彷若傳說中啃食生肉的怪物。

「起碼妳看得到外面啊，這樣還不夠嗎？」葛索瞪大雙眼，瞳孔射出精光。「叮嚀過妳多少次了？外面對妳來說太危險，森林裡有吃人的怪物，鄉鎮中還有奧茲王的軍隊，奧茲王正在四處獵殺女巫，妳不要命了嗎？」

「可是我不是女巫啊。」桑席嘟嘴。

「妳就是！當初我以彩虹花作為藥引，親自熬煮了讓妳降生於世的湯藥，讓妳生出一頭擁有魔法的長髮，妳對這個世界而言太重要了，奧茲王才不會放過妳呢。」葛索面目猙獰地嘿嘿冷笑。「要是他逮到妳，妳的下場就會和眼前這隻果子狸一樣。」

葛索用力把果子狸屍體摔在牆上，具有沾黏性的肉塊沿著石壁緩緩往下滑，劃出一道怵目驚心的血痕。果子狸的皮毛則堆在葛索腳邊，一張失去生命光彩的空洞小臉以不自然的摺疊方式扭曲，此刻正冷冷地凝望她。

桑席忍不住打了個哆嗦。

「我辛苦拉拔妳長大，妳打算這樣報答我？妳忘了那次得了熱病，是誰跑出去三天三夜，尋找醫治的草藥？又是誰沒有睡覺，在病榻前不眠不休地照料妳？況且，沒有我，妳活得下去嗎？」葛索哈哈大笑，渙散的眸子洋溢癲狂，像是什麼也看不清楚，也像什麼都看進眼中。

歐若拉等三人外加一隻貪睡的精靈重回森林後，已經比初次踏進林蔭中更有經驗了，她們沿著獵人小徑步行，以貝兒替她們準備的麵包充飢，渴了就去溪邊汲水，或是在路上摘野果子吃，累了就輪流在樹下休息。

夜裡，她們會爬到高一些的枝椏上，然後用藤蔓把自己和粗壯的樹幹綁在一起，避免睡著以後摔落樹下。據說怪物的智慧還沒有進化到懂得爬上樹梢攻擊人類，而且，就算怪物的感官再怎麼靈敏，也比不過小紅帽狼族與生俱來的敏銳嗅覺與聽覺。

不過歐若拉猜想是小紅帽陰謀論者的性格使然，所以小紅帽總是淺眠，時時刻刻提防著外人的一舉一動，不像桃樂絲，那男人婆如雷貫耳的鼾聲就連白精靈都逃之夭夭呢。

連續在荒郊野外渡過了兩個日夜，一行人終於在第三天傍晚瞥見高塔尖端的陰影。

「高塔公主……桑席？」小紅帽翻出貝兒謄寫的羊皮紙，唸出字條上的筆跡。

「大家要小心防範，高塔上住的不只是公主，還有綁架公主的壞女巫。」歐若拉好意提醒。

「妳怎麼知道？」小紅帽挑眉。

「歐若拉跟我一樣，是從別的世界來的嘛，在某些地區，我們這種人可是被奉為『先知』呢！」桃樂絲得意地指指太陽穴。

歐若拉不知道該如何解釋，只好這樣回答：「姑且說我讀過很多書，腦子裡裝了很多東西好了。」

「所以妳才曉得黑女巫使用的火柴有問題嗎？」小紅帽問。

歐若拉點點頭，她們來到高塔下方，此時白精靈已經繞著高塔飛了一圈，回報眾人道：「沒有門耶。」

「囚禁桑席的高塔只有一扇窗戶可供進出，但是我知道怎麼上去。」歐若拉胸有成竹地走上前去，雙手圍在口邊呈喇叭狀，抬起頭來喊道：「桑席啊桑席，放下你的長髮，讓我爬上金色的梯子吧！」

窗口毫無動靜。

「奇怪？」歐若拉踮起腳尖，以更洪亮的音量吶喊：「桑席啊桑席，放下你的長髮，讓我爬上金色的梯子吧？」

「妳們找公主嗎？」一個男孩的聲音問道。

歐若拉嚇了一跳，不知何時，一名穿著破爛吊帶褲的男孩竟像鬼影一樣悄然出現在她們身邊，男孩手裡捧著一塊乳酪，用缺了兩顆上排門牙的嘴巴嚼啊嚼的，配上鼻頭的雀斑，活像一隻神情猥瑣鬼祟的小老鼠。

小紅帽立刻伸手按住存放剪刀的包袱，語帶戒備地問：「你是誰？」

「我叫傑克。」男孩邊啃乳酪邊說。

「看起來不像怪物，莫非是乞丐？」桃樂絲望著他露出腳趾的破洞鞋子問。

「才不是哩，妳們有見過乞丐吃得那麼好嗎？」傑克將最後一口乳酪囫圇塞進嘴裡，以模糊不清的口吻說道：「桑席公主派我來請妳們離開。」

「說什麼鬼話？我們才剛到耶。」桃樂絲驚呼。

「請告訴公主，我們要找她，不見她一面，我們是不會走的。」小紅帽態度堅定，清楚表達了她們的立場。

「可是公主說她不見客。」傑克搔搔腦袋。

歐若拉靜靜觀望了好一陣子，她不停想著眼前的男孩究竟是哪本童話故事中的角色，看傑克的模樣似乎不太聰明，答案昭然若揭。

「傑克？你就是那個大名鼎鼎的傑克嗎？會用魔豆種出藤蔓的那個？」歐若拉裝出尊敬的語氣。

「你聽說過我？」傑克一愣。

「當然囉，」小紅帽不愧是三個女孩之中最精明的一個，她立刻看穿歐若拉的伎倆，並幫腔道：「我們走了那麼遠的路，就是想要見識一下，你身上有魔豆嗎？」

「有哇。」傑克傻呼呼地掏起吊帶褲口袋，然後摸出幾顆渾圓翠綠的豆子。

小紅帽伸出手來想討。

「等等，妳們打算拿什麼來跟我換？」傑克倒退一步。

「他好像沒有想像中的笨嘛。」小紅帽湊到歐若拉耳邊低語。

「我不要乳牛喔，我的魔豆就是用乳牛換來的，如果妳們有糖果、蛋糕或是餅乾都可以，有乳酪更好，我最喜歡乳酪了。」傑克說。

「怎麼辦？我們有可以交換的東西嗎？」桃樂絲問。

歐若拉在身上摸索了半天，告訴大家：「糟糕，我們隨身攜帶的食物已經吃完了。」

小紅帽拍拍包袱，道：「總不能用我的寶貝剪刀或地圖交換吧。」

「更不可能拿我的球棒去換呀，這可是保命的傢伙咧。」桃樂絲苦惱地摸摸隨身兵器。

「我知道了！」小紅帽倏地伸手往桃樂絲頭上一撈，一把抓住白精靈道：「不然，用這隻精靈跟你換好了。」

「好主意。」桃樂絲奸笑。

白精靈狠狠賞了小紅帽困住她的手背一拳，又向桃樂絲吐舌頭，接著以沒人聽得懂的語言放聲咒罵。

「閉嘴啦。」桃樂絲回她。

小紅帽轉過頭來朝眾人擠眉弄眼，小聲說道：「反正她會自己回來。」

「我們必須團隊合作，拜託妳安份一點，只要十分鐘就好，等會兒一定摘最甜的花蜜給妳吃。」歐若拉輕聲安撫白精靈，這才讓她閉上嘴巴。

「如何？一隻可愛又聽話的精靈？」小紅帽再次轉身面對傑克，故作無辜地眨眨眼睛。

「我不知道耶，她看起來不太合作。」傑克歪著頭。

「不會不會，她非常配合。」小紅帽把白精靈放在傑克頭頂。「你可以帶她去散步，今年最流行養一隻精靈當寵物了。」

白精靈生著悶氣，雙手抱胸盤腿而坐，兩瓣透明翅膀憤怒地亂拍。

傑克攤開掌心，讓歐若拉從他手裡揀選一顆綠色魔豆，隨後便帶著白精靈轉往森林。

「你是不是一隻好精靈呀？」

小紅帽笑看傑克伸手摸向頭髮，卻被大發脾氣的白精靈一腳踢開。

歐若拉一刻也沒有耽擱，她馬上走向高塔，在牆角邊蹲下，以石頭掘了個洞，再把魔豆埋進洞裡，覆上一層薄薄的土壤。

接著她退開幾步，等待，還有祈禱。

一如預期，魔豆幾乎是瞬間便從土堆下探頭髮芽，剛開始，碧綠的嫩枝猶如剛睡醒般伸了個懶腰，接著動作便愈來愈快。

無須澆水施肥，破土而出的魔豆長成了一株藤蔓，它將根部扎進牆面縫隙，扭動的捲曲葉片和枝條則順著高塔石壁不斷向上探索、攀爬，轉眼間纖細脆弱的植物便在高塔外牆形成一面錯綜複雜的粗壯綠網，好比一張堅固的綠色繩梯。

「公主不肯下來，那就只能我們上去了。」小紅帽勾起嘴角，紅眼閃耀金光。

「哇，歐若拉，妳怎麼知道魔豆的作用？」桃樂絲露出佩服的表情。「我懂了，聖典教你的，對吧？」

歐若拉不置可否，因為她正皺著眉心抬頭仰望窗戶，沉浸在全新的擔憂之中。

「記得千萬別鬆手，摔下來脖子可就斷了。」小紅帽輕鬆自若地說。

不過，桃樂絲和小紅帽還是按照成功機率最高的隊形，一個領先、一個殿後，把歐若拉夾在中間。一想到第三片光之碎片近在眼前，歐若拉也只能硬著頭皮上了。

藤蔓並不難爬，接連數日在高樹上紮營的經驗也提供了相當大的幫助，歐若拉不敢稍有大意也不敢往下看。攀岩比叢林行軍困難多了，歐若拉的體力像流沙般快速流失，她覺得呼吸愈來愈不順暢，動作也愈來愈吃力，終於在手腳開始不聽使喚之前，三人攀上了窗台。

此時，桑席坐臥在垂掛著羅帳布幔的四柱大床上，背部墊著三層柔軟的靠枕，脖子上還套著一張圓形的大餅乾，身上的白色睡衣沾滿了餅乾屑。

「妳們真是不死心。」桑席低頭咬了面前的餅乾一口，慢條斯理地嚼著。

「倘若不是要緊的事，我們又何必大費周章？」歐若拉走至床畔，目光中流露的濃稠懇切宛如奶泡溢出杯緣。「請把妳守護的光之碎片交給我們，讓聖典恢復完整的魔法吧。」

桑席又啃了餅乾一口，任碎屑黏了滿臉也不擦。「什麼碎片？我不認為我這裡有可以給妳們的東西唷，妳們還是快走吧，等等我的母親大人回來，可是會大發雷霆的。」

「也許妳可以找找看？」歐若拉建議。

「上一個試圖說服我下床的人，已經被我母親大人變成青蛙了。」桑席說。

「妳稱呼那個軟禁妳的女巫為母親？」歐若拉驚呼。

「嗯哼。」

歐若拉面露無奈回望其他人，小紅帽則以唇語鄙夷地說道：「這麼邋遢懶散的女孩是公主？她該不會從來沒有離開過這間房間吧？」

桃樂絲往前一站，朗聲道：「公主，請加入我們的行列吧，所有奧茲大陸上的人民都應該起身對抗黑女巫的勢力。」見桑席沒有反應，她又補充道：「難道妳不想站在光明的一方？走出高塔看看外面？」

「天哪，妳說的那些事情，都讓人覺得好累喔。反正啊，不管妳們打的是什麼主意，都不要拖我下水。」桑席說。

忽然，一陣奇特的雞叫打斷了她們的談話。

「喔喔，母親大人回來了，妳們跑不掉囉。」桑席幸災樂禍地說。

白精靈快速振翅飛過窗戶，在桃樂絲頭上盤旋，還不停扯著她的頭髮，想把她拉往窗邊。

三個女孩連忙探頭向外查看，發現傑克懷裡摟著一隻金色的母雞，母雞正以非比尋常的音量大吼大叫。

而遠方的樹林內則揚起一道棗紅色的塵霧，以超乎尋常的速度往高塔的方向逐漸逼近，掀起一股山雨欲來的態勢。

「可惡，傑克出賣我們。」小紅帽啐道。

棗紅色的煙塵近在眼前，歐若拉看清了，那名頂著神話中梅杜莎般滿頭亂髮的女巫，八成就是將桑席禁閉在塔內的葛索。

「桑……席……」葛索狂怒的吼叫震撼著眾人的耳膜。

「現在往下爬也來不及了。」歐若拉緊張地說。

小紅帽的眉頭糾結，轉動的狼耳好似正在捕捉空氣中的危險。「桃樂絲，妳和女巫交手過嗎？」

「沒有，不握我很期待。」

「很好，我也沒有，這下子新鮮了。」

眼見周圍無路可退，桃樂絲乾脆舉起球棒，小紅帽也掏出剪刀，兩人在窗邊擺出應戰的姿態。桑席公主仍舊坐在床上納涼，好像從頭到尾都不關她的事一樣。

歐若拉有種恐怖的預感——眼前將有一場一觸即發的硬戰。

短短幾秒之內，葛索便沿著豆藤攀上高塔，她躍入房內，把一隻血淋淋的兔子扔在地上，手裡的爪型法杖則直指眾人。

「可惡，剛才怎麼沒想到該把藤蔓剪斷，讓那個壞女巫摔死！」小紅帽懊惱地瞥了窗台一眼。

葛索圓睜的雙眼轉啊轉，彷彿失控的指南針，她尖聲狡笑：「桑席，我們有客人？」

「我不認識她們。」桑席趕忙撇清關係。

「不是客人，那就是敵人囉？」葛索臉色一沉，眼中浮現殺意。

剎那間氣氛凝滯，雙方相互瞪視，桃樂絲和小紅帽不敢輕舉妄動，彷彿誰先動了，便會打破僵局、露出破綻。

結果是葛索率先拆解了這幅和平的假象，她的法杖一掃，在撞上桃樂絲的球棒時迸發火光，接著小紅帽也手持剪刀加入戰局，霎時間清脆的金屬敲擊聲在塔內不停迴盪，雙方你來我往互不相讓。

歐若拉慌張地退到牆角，她缺乏打鬥經驗，只能伸手抓住聖典的書皮，希望能得到些許安慰。

葛索眼看歐若拉身上沒有武器，認為她不具威脅，所以也沒有將她放在眼裡，反而將全副心力集中在桃樂絲和小紅帽身上。

理論上來說，桃樂絲和小紅帽兩個人加起來，實力應剛超過葛索才對。然而葛索比她們更熟悉塔內狹隘的空間，那瘋癲的女巫像是一道難以預測的旋風，一下子跳上桌面，一下子又翻過床角，不停四處亂竄，讓對手疲於奔命，並且總是在桃樂絲與小紅帽疏於防備的時候予以攻擊。

「瘋婆子，怎麼不和我決一死戰，妳到底想幹嘛？」桃樂絲咒罵。

「呵呵，我的乖女兒，今天晚餐，妳想吃燉肉還是烤肉呢？」葛索仰頭大笑。

三人如火如荼地纏鬥了一段時間，對罵和叫囂幾乎衝破塔頂，附近林間的小動物們紛紛走避，以免遭受波及。

不過，在眾人都沒有注意到的時候，另一個人卻匆匆忙忙地登塔了。

「青蛙王子，你來幹嘛？」桑席瞥見王子身影，立刻嚇得從床上坐直身子。

「我想這是個攤牌的好機會。」青蛙王子掏出手帕拭去汗水，忙不迭說道。

「又來一個？」葛索咯咯笑著，在桑席身邊站定。「你們認為我寡不敵眾，所以勝算比較高？」

「傑克把一切都告訴我了。」青蛙王子拔出寶劍，對葛索喊道：「黑女巫，妳把桑席公主當做私人的玩物，今天就是我解放公主的日子，我要帶她回國，娶她為妻，不再受妳擺佈！」

「傑克那個小叛徒！」葛索斂起笑容。

桑席像是陷阱中無法抽身的幼鹿，臉部不安地轉來轉去。

這時，窗外傳來傑克意圖辯解的抗議聲：「王子都會帶乳酪給我吃，妳只會叫我做事！」

「等我解決了這個臭小子，再去處理你！」一抹慍色爬上臉頰，葛索朝窗外吼道。

桑席聞言，驚駭地抓住葛索的衣擺，懇求道：「不不，母親大人，不關王子的事，求您放他走吧？」

「要走就一塊兒走。」王子固執地說。

「跟你說過多少次了，我沒有打算離開高塔。」桑席氣急敗壞地喊道。

「看吧，你輸了，桑席選擇我，選擇從小到大細心照顧她的母親大人我耶。」葛索的眼球骨碌碌地轉著，嘴角掛著洋洋得意的笑容，像是欣賞著一齣好戲。

「呸，妳根本不是桑席公主的母親，妳只是一個偷嬰兒的竊賊！」歐若拉再也看不下去了，她決定挺身而出。「桑席公主，妳只是害怕離開舒適圈，看不出來嗎？黑女巫用一廂情願、無微不至的照顧來勒索妳。」

「沒了母親大人，我不知道該怎麼活下去……」桑席嗚咽。

「我會幫妳。」青蛙王子真摯地說：「而且我不會限制妳，我願意給妳充足的自由。」

「真是感人，我都想痛哭流涕了呢。」狡詐的葛索趁機揮舞法杖，令爪型尖端射出一團氣味難聞的綠色煙霧。

「糟了，她故意等妳們跑得都累了，躲不過她的毒氣。」桑席失聲喊道。

頃刻間，室內瀰漫著刺痛雙眼和灼燒肺部的濃煙。

「咳……」

歐若拉只覺得那氣味聞起來像是濕靴子和腐敗食物混雜在一起的味道，既嗆鼻又讓人作嘔，聞久了以後不僅頭昏腦脹，就連五臟六腑彷彿也在體內翻滾。

除了葛索自己和桑席公主，眾人接二連三癱倒在地，武器也自軟弱無力的手中掉落。

「現在，我得去找傑克那個小無賴算帳了。」葛索撂下一連串陰森的笑聲，棗紅色的身影往窗邊移動。

「王子？」眼見青蛙王子也不敵法杖的毒氣，桑席急忙轉頭問離她最近的歐若拉：「刀子？你有沒有刀？」

歐若拉以最後一絲意志力苦撐，她的手指按在聖典的鎖頭上，咬牙道：「我需要光之劍。」

聖典立刻回應主人，光之劍緩緩從書頁間浮現，歐若拉握住溫暖的劍柄，將它拉出書中，熟悉的熱度自指尖延伸到身體的每一處，難受的感覺似乎也好了大半。

「是妳逼我的做出抉擇的。」桑席傷心地瞥了爬出窗台的葛索一眼，隨即告訴歐若拉：「我的頭髮具有魔力，快斬斷髮絲，餵給大家服用。」

歐若拉將黃金般閃爍的頭髮分別塞進桃樂絲與小紅帽嘴裡，不知道是不是錯覺，桃樂絲和小紅帽的蒼白的嘴唇恢復了血色，糾結的五官也紓展而開。

桑席掙扎著跳下床鋪，被頸子上套著的大餅絆了一跤，養母特地準備的食物，卻成了囚禁她的囹圄。桑席望著因中毒而臉色發青的王子，用力掰開脖子上的大餅，拔足撲倒在王子身邊，拼命扯下髮絲送入王子口內。

歐若拉自己也吞了一小撮桑席的魔髮，只覺得一股清涼的花香在口中蔓延，原先的噁心想吐和頭痛似乎不藥而癒。

忽然，一縷秀髮落在歐若拉腰際的聖典上，產生了意想不到的效果……

「第三片光之碎片？」歐若拉望著七彩光芒，這才恍然大悟。

光明的力量敦促歐若拉移往窗邊，她低頭一瞧，看見掛在藤蔓中央往下攀爬的葛索。歐若拉高舉綻放熱烈光芒的寶劍，回頭看了看桑席，後者露出瞭然於心的神情。

在短暫的猶豫後，桑席凝重地向歐若拉點了點頭。

於是，光之劍劃過藤蔓的莖部，斬斷了攀附在石壁上根鬚，隨著一聲淒厲尖叫，魔法藤蔓和黑女巫同時從高空中摔落地面。

歐若拉喘著氣，心裡五味雜陳，她知道殺人是不對的，可若是殺死壞人呢？老實說，眼睜睜看著邪惡的黑女巫在自己面前斷氣，她不僅沒有任何罪惡感，反而覺得世界因她而變得更美好了。

「妳除掉的不是人類，而是可怕的怪物。」不知何時，小紅帽已經甦醒過來。

「不錯嘛，沒想到歐若拉變得那麼勇敢。」桃樂絲揉著太陽穴苦笑：「頭還是有點暈，好像剛剛被一頭奔馳的麋鹿撞到。」

眼見青蛙王子和桑席公主相擁而泣，歐若拉鬆了口氣，認為這個故事結局雖然和她讀過的不太一樣，但是起碼也不壞。

「接下來我們要去哪裡？」

「機械城。」小紅帽翻出羊皮紙回答。

長髮公主，是一位懶洋洋的公主。
大部分的事情，都是由她的長髮代勞。
長髮公主！納命來吧
噗哇！
咚！
今天晚餐要吃什麼好呢？
啪！
咚！
咻—
哇～這個點心的新口味真是超好吃的！
給我記住…總有一天…
總有一天…我們會把妳給…
嗯？大叔，你是誰啊？
為什麼躺在地上？
混…混蛋！
瞧不起人也該有個限度吧？

第四章　綠色，滋生的渴求

桃樂絲

左撇子，雙眼炯炯有神，常會做出咬牙切齒的表情，為人海派不拘小節。雖然被昔日老友質疑外貌改變卻也只是揮揮衣袖不想深究，因為實在太自我太英雄主義了。

一開始幫助歐若拉的角色之一。是個熱血、腦衝、義氣、行動派，大姐頭的角色。若踩到雷點便會變的爆怒。被洗腦而以為自己是桃樂絲，其實是奧茲大魔王的女兒。在知道後內心受到衝擊，對於自我的認知崩解。擁有〈幻想成真〉的強大魔法力量，能把自己想的都轉變成真實。

清晨的霧氣緩緩自地面蒸散，一如慢火燉煮的湯鍋。歐若拉等人早早便揉著惺忪睡眼爬下打盹的樹幹，以硬麵包、乳酪和水果裹腹，趁著烈日尚未發揮實力，盡量把握舒適宜人的溫度多趕點路。

順利取得三片光之碎片成為了鼓舞士氣的良藥，女孩們開始願意和對方閒話家常，桃樂絲和小紅帽偶爾會以拌嘴打發時間，讓旅程不再是枯燥的行軍。

「妳啊，最小氣了，當初連塊麵包都不肯分我們吃。」桃樂絲調侃。

「問題不在於麵包，而是給了麵包之後，妳們就會有藉口跟我們攀談，那樣就更難守住外婆的祕密了。懂不懂啊妳？」小紅帽斜睨她。

「真是小心眼，妳就像是一張空白的畫布，我都看不出所以然耶。」桃樂絲說。

「那妳呢？」小紅帽嗤之以鼻：「妳的情緒就像書寫在額頭上一樣清楚明瞭，還強迫別人一定要看見，跟三歲小孩一樣。」

「閉嘴，不要吵我睡覺！」白精靈吼道。

「妳才安靜，臭精靈。」桃樂絲和小紅帽異口同聲道。

「哈哈，如果有兄弟姊妹，有個練習社交的對象，也許我們會跟現在有所不同吧。」桃樂絲轉向歐若拉，問道：「跟我們說說擁有手足是什麼感覺？」

歐若拉的雙腳繼續往前步行，思緒卻飄向遠方。

她想起有一次和朱拉為了一顆糖果冷戰了三天三夜，最後糖果都融化了，兩人才一臉惋惜地舔著手指談和。

還有一次是她的餐盤被塊頭更大的孩子搶走了，朱拉替她討回公道，和對方約在大宅後院裡單挑。眼看弟弟捱了人家兩拳，歐若拉氣不過，也跟著加入戰局，結果姊弟二人鼻青臉腫地獲得勝利，那大塊頭的孩子比他們倆加起來還要淒慘，鼻樑硬生生斷成兩截，以後再也不敢找他們的麻煩。

「兄弟姊妹……就是妳可以盡情欺負對方，但是絕對不允許外人欺負他。還有，不管妳怎麼和對方吵架，最後都一定會和好如初的人。」歐若拉回答。

「妳有沒有想過，為什麼今天站在這裡的是妳，而不是妳弟弟？」小紅帽突然問道。

「喂，妳該不會是老毛病又犯了吧？妳又要扯出一大篇莫名其妙的陰謀論？」桃樂絲問。

「一定是歐若拉有什麼特別之處，才會被選定為聖典繼承人呀。」小紅帽說。

「如果是朱拉在這裡，他一定會表現得比我好很多。」歐若拉訥訥地說。

「幹嘛對自己那麼沒信心？我覺得妳已經愈來愈進入狀況了，就像是在貝兒的城堡裡呀，多虧妳猜出火柴的祕密，否則我們到現在還無法破解黑魔法呢。」桃樂絲說。

「我同意。當妳碰到困難時，可以想想換作是朱拉會怎麼做？或許就能勇氣倍增。」小紅帽建議。

「好的，謝謝妳們。」歐若拉允諾。

接著，歐若拉想起《綠野仙蹤》的故事中，和桃樂絲一起旅行的獅子、稻草人和鐵皮人。不過，歐若拉不確定此時此刻的桃樂絲究竟在故事中的哪一個段落。

她試探性地問道：「桃樂絲，妳沒有比較親密的朋友嗎？」

「就妳們兩個呀。」桃樂絲說。

「哇，我好感動，都要痛哭流涕了。」小紅帽裝模作樣地發出一聲狼嚎。

「噓，安靜點，妳們想引來怪物嗎？」白精靈怒叱，引起眾人哈哈大笑。

「對了，我突然發現，我們三個都是孤兒欸。」桃樂絲掰起手指，一一細數道：「歐若拉從小住在孤兒院裡，小紅帽被麵包師傅養母領養，我的爸爸是軍人，媽媽是老師，他們過世之後，我便和叔叔嬸嬸一塊兒住。」

「妳才孤兒，我媽可是當年黑之月事件中，打敗黑女巫的三位白女巫之一呢。」小紅帽回答。

「妳知道那三位傳聞中的白女巫是誰嗎？」桃樂絲問。

「不清楚。」小紅帽聳肩，她若有所思地瞅著歐若拉的腰側，道：「不過，我倒是有種直覺，說不定歐若拉也是其中一位白女巫的後裔，否則如何能繼承聖典和光之劍？」

歐若拉碰觸聖典書皮，道：「我的確思考過這個可能性，但是目前我還不敢想得那麼遠，只想先找回朱拉。關於聖典和身世，我打算和朱拉見了面再討論商量。」

「如果妳們兩個都是白女巫的女兒，那我可能也是喲。」桃樂絲歡快地說。

「妳剛剛才說妳爸爸是軍人，媽媽是老師，立場還真是不堅定耶。」小紅帽譏笑。

「搞不好我跟妳是親姊妹哩。」桃樂絲貼近小紅帽，模仿小狗因為天熱而吐出舌頭。

「哈……」

「絕無可能。」小紅帽驚恐地彈開一步。

歐若拉見狀，忍不住咧嘴而笑。

思及失蹤的朱拉，歐若拉感到一顆心仍舊懸在半空中，她只能強迫自己往好處想，倘若連她都能堅持到現在了，適應力比自己更強的朱拉，應該也還活得好好的吧？

另一方面，在發現了與桃樂絲、小紅帽的諸多共通點以後，歐若拉覺得三人的關係似乎更加緊密了，進而強化了她對未來的信心。

「小紅帽，不要再學狼叫了！」白精靈怒氣沖沖地自桃樂絲髮間起身。

「我沒有哇。」小紅帽說。

桃樂絲率先停下腳步，她舉起一隻手，示意眾人保持安靜。

小紅帽掀開帽兒一角，狼耳左右轉動，隨即低聲說道：「真的有狼嚎，而且正在快速逼近中。」

「爬到樹上躲一躲。」桃樂絲招呼眾人。

歐若拉以最快的速度爬上一棵高聳的榆樹，躲藏在茂密的樹葉當中，在連日訓練下，她的攀爬技巧大為提昇，能夠像隻動作敏捷的靈巧猴子般，輕而易舉登上最柔軟的樹枝。

女孩們不動聲色，靜待危險渡過，她們的共識是切莫在齊集所有光之碎片以前受傷，免得延誤了救出朱拉和解除白女巫封印的任務。

「救命哪！」驚叫聲劃破寂靜的空氣。

歐若拉的視線穿越樹梢，不時朝聲音來源窺探，終於，她看見一隻穿著襯衫的粉紅色小胖豬正拼命跋足狂奔，小豬全身的肥肉都隨著步伐上下抖動，尤其是圓鼓鼓的腮幫子，更是被呼嘯而過的狂風向後拉扯。

「可惡呀，誰曉得狼的肺活量居然那麼大？我以後再也不敢用茅草蓋房子啦！」被腎上腺素死命催促的小胖豬，嘴裡還不忘破口大罵。

《三隻小豬》的故事立刻浮現歐若拉的腦海，她從來不知道豬也能跑得那麼快。

小胖豬的身影一閃即逝，約莫兩分鐘後，追逐小豬的那頭狼現身了。

歐若拉吃驚地咬住下唇，她眨眨眼睛，心想：「老天，那哪裡是什麼狼，根本是一隻狼形的怪物！」

雖然只是匆匆一瞥，歐若拉發誓她看見了比普通狼隻大上兩倍的狼怪，狼怪全身筋肉鼓脹，粗硬的皮毛堅硬如鋼，齜牙咧嘴的上唇翻起，牙齦暴突，露出好比海象的尖銳利牙。

這時，桃樂絲輕拍球棒，比出割頸的手勢，意即：「讓我來解決那隻狼怪。」

小紅帽賞了她一記衛生眼，她用手指敲了敲腦袋，無聲地回答：「多管閒事，妳腦子是不是進水了？」

小豬和狼怪逐漸跑遠，她們一動也不敢動，又過了好幾分鐘，猜想危機已經席捲而過之後，才躡手躡腳地爬下樹幹。

小紅帽拿出羊皮紙地圖來，重新找尋方向，在確認她們的路線和狼怪背道而馳後大大鬆了口氣。

「那就是怪物？」歐若拉仍心有餘悸。

「是啊，森林裡還有熊怪哩，儘管數量不多，但是遇到一隻就夠妳受的了。」桃樂絲說。

三人安靜地再次上路，決定聽取白精靈的意見，不敢再沿路大呼小叫，白精靈也非常識相地收斂了脾氣，沒有再對女孩們比手畫腳、頤指氣使的。

時間來到了正午，烈日當頭，三個女孩都走得渾身大汗，就連白精靈都無聊到再也睡不著，坐在桃樂絲頭頂東張西望，拔起桃樂絲的頭髮為樂。

沒有懷錶，歐若拉只能按照太陽的位置來判斷時間。她的肚子又餓了，長途跋涉是非常耗費體力和熱量的勞動，她真希望能找到一處樹蔭，然後升起一堆柴火煮點熱湯喝。

小紅帽痛恨烘焙，桃樂絲也不怎麼擅長家事，歐若拉本身並不討厭煮飯，相反的，她還挺喜歡在廚房裡幫忙，做點料理什麼的，服務別人能讓她覺得自己多少也有點用處。

「差不多該停下來休息了，腳好痠喔。」桃樂絲告訴眾人。

「白精靈，請妳幫忙找找附近有沒有水源。」小紅帽要求。

白精靈懶洋洋地伸展四肢，又打了個大大的呵欠，隨即拍打著透明的翅膀飛向樹叢後方。

不過一晃眼，白精靈就像一陣風似地飛回來了，她看起來很興奮，不停嘰嘰喳喳地說著「東邊有一座小木屋」、「房子很漂亮」、「很適合休息」。

「那就去看看吧，有四面牆壁和屋頂擋著，總比置身荒郊野外安全。」小紅帽說。

不想再擔心受怕隨時可能有怪物蹦出來，小紅帽的想法立刻獲得贊同，她們跟隨白精靈指引的方向，往樹林的東側走去，將方才對狼怪的恐懼拋在後頭。

兩百公尺後，歐若拉矮身鑽過幾道枝椏，終於看見白精靈口中漂亮的小屋。

小木屋的確漂亮，深棕色的木造外牆搭配白色的門窗與鵝黃色的花台，屋主選擇的用色柔和且溫馨，屋前門廊上則有一座漆成粉藍色的鞦韆，歐若拉猜測裡頭住著一戶有孩子的人家。

小紅帽從窗縫向內偷看，桃樂絲則逕自走向前門，用力敲了三下。屋內沒有回應。

桃樂絲左顧右盼了一會兒，繼而做出結論：「沒有人在。」

「窗戶沒有上鎖，我們爬窗戶進去。」小紅帽抬起窗子，半邊身體已經懸掛在窗台上。

「這樣是闖空門耶，不好吧？」歐若拉面露遲疑。

「如果屋主早被怪物吃了，那光是鬼魂霸佔著屋子也沒用。」小紅帽冷道。

「是啊，如果待會兒屋主回來，我們再跟他們道歉。如果屋主死了，鬼魂是不會介意讓我們避個風頭的。」桃樂絲附和。

「屋主會不會死在裡面？」歐若拉問。

小紅帽抽動足可媲美野狼的鼻頭，鼻翼張開又收縮，回答：「不會，屋內的空氣是乾淨的。」

拗不過其他人的意思，歐若拉只好同意暫時躲進屋裡休息。

三人陸續從窗戶鑽進屋中，室內涼爽多了，還散發著一股乾淨布料的氣味。歐若拉注意到屋主非常喜歡棉布，起居室內，碎花布沙發上擺著條紋靠枕，布質窗簾旁則放著一張搖椅，椅子上整齊疊著一條蓋毯。

在她的想像之中，屋主是一位喜歡縫縫補補的慈祥老奶奶，經常戴著老花眼鏡，坐在搖椅上縫製百納被。

「噢，姊妹們，還不快移動妳們的大屁股滾過來，餐桌上有食物耶。」桃樂絲向其他人吆喝。

歐若拉走向餐桌，只見藍白格子桌巾上，放著三個大、中、小不同尺寸的木碗，木碗內則裝盛了濃稠的麥片粥。

歐若拉再看看桌邊的木椅，驚見大、中、小三張不同高度與寬度的椅子，這一刻，她的迷惘思路彷若忽然被人點亮了一盞明燈。

「我知道這個故事。」歐若拉自言自語。

然而，在她來得及阻止之前，桃樂絲和小紅帽已經拉開木椅坐下，抓起湯匙準備大快朵頤。

「噢！」桃樂絲從最低的椅子上跌下來，罵道：「這張的椅腳歪了嘛。」她立刻爬到中間的椅子上。

「好久沒有吃麥片粥了。」小紅帽坐在最高的椅子上，狼吞虎嚥起最大的那碗粥。

「哇，可惜是涼的。」

「我這碗剛剛好，不冷也不燙。」桃樂絲邊吃邊說。

看兩人吃得如此香甜，白精靈也靠了過去，她降落在桌面，試著舔了最小碗的粥一口，然後呸一聲吐在地上。「噁。」

「妳們怎麼好意思偷吃人家的東西？」歐若拉蹙眉。

「不知道哇，突然就覺得很有食慾。」桃樂絲吃得稀哩呼嚕，口齒不清地回答。

歐若拉無奈地搖搖頭，轉身走往看似寢室的方向，想要證明心中的懷疑。當她看見臥房內依序擺著大、中、小三張床時，便知道自己的猜測是對的。

這是《三隻熊與小金鎖》的童話，在森林裡迷路的女孩小金鎖闖入三隻熊的家，偷吃熊的食物，還睡在熊的床上，只是歐若拉沒料到，這會兒自己和桃樂絲、小紅帽居然變成了小金鎖。

緊接著，她想起故事的後半部。

當三隻熊回到家中，發現椅子被坐壞了、麥片粥被吃光了，於是循線找到闖空門還搞得一團亂的兇手，頓時覺得非常、非常、非常生氣……

「慘了！」

歐若拉衝出臥房，想要警告她的夥伴們，卻被足以摧毀理智的怒吼給震懾在原地。

此時，小木屋的前門敞開，大、中、小三隻雙眼綻放綠光的熊怪。三隻熊怪身上都掛著破爛的布條，歐若拉依稀能從花色判斷穿背心的是公熊，穿花裙的是母熊，穿吊帶褲的則是幼熊。

只不過，三隻熊儼然已化身為怪物，不再像童話故事中那樣富有人性。

人立而站的熊怪雙掌厚實指爪尖銳，毛髮糾結成團，塊頭像是營養過剩般異常高大，連最小的那隻都比歐若拉高出兩個頭。不只是高，牠們還長得特別壯，熊怪壯碩的胸膛讓牠們看起來幾乎快沒了脖子。

「牠們一天吃五餐嗎？」桃樂絲納悶。

大熊怪和中熊怪盯著餐桌上見底的木碗，張開血盆大口發出憤怒的嗷叫。

「小心！」小紅帽喊掏出剪刀，桃樂絲掄起球棒。

下一秒，大熊怪便揮舞著雙臂衝進門內。由於牠的身形過大，應聲便把門框撞斷，自己卻不痛不癢，二人二熊在木屋內纏鬥了起來。

這時，小熊怪的目光落在歐若拉身上。

小熊怪張開嘴，嘴角竟一路咧到耳邊，口內的利齒則有前後三排，黏稠的口水則順著嘴邊流淌而下。

歐若拉馬上轉身想跑，卻發現自己完全沒有退路，熊怪擋在小木屋唯一的出口前方，來時的窗戶又半掩著，恐怕在她跑向窗邊、翻過窗台之前，小熊怪已經先逮到她。

況且，歐若拉的良心不允許她丟下桃樂絲和小紅帽獨自離去。

「換作朱拉會怎麼做？」——小紅帽的話猶如流星劃過腦海，在她眼前閃閃發亮。腰際的聖典洋溢著溫暖的熱度，像是隨身攜帶的懷爐，提醒了她光之劍的存在，歐若拉毅然決然抽出光之劍，迎頭準備應戰。

與其說歐若拉在奮勇殺敵，倒不如說光之劍自己在隨機應變。光之劍彷彿擁有判斷力，戳刺、揮砍、格擋，招招到位，每個動作都不馬虎。而歐若拉只是不停地大吼大叫，幫自己和光之劍助長氣勢。

雙方纏鬥了好一陣子，每當歐若拉覺得快要招架不住，她便拿出動物性的本能，喊得更大聲、更加中氣十足，小熊怪通常會畏縮一下，像是困惑於眼前這麼迷你的動物，怎麼能發出那麼驚人的吼聲？

趁著喝退小熊怪的剎那，歐若拉匆匆一瞥，注意到桃樂絲和小紅帽已經佔了上風，她們對付的那兩隻熊怪都受傷了，速度和力量也大不如前。

歐若拉這邊也迅速進入狀況，即便她左劈右砍了一陣，只是稍微劃傷小熊怪的爪子，卻覺得光之劍使得愈來愈順手。她像是木偶劇裡英勇的劍士，背後受到某種不知名的力量操控，引導她邁向勝利的結局⋯⋯

隱約中，一股甜美的氣味讓她暫時分了神。「麥片粥？」

嗅覺更為靈敏的熊怪也聞到了，牠們倏地停止攻擊，紛紛抽動鼻子，表情從兇狠轉為疑惑。

令人意外的事情發生了，熊怪接二連三往門外奔去，不一會兒就衝進樹林，沒了蹤跡。

「奇怪，怎麼跑了？」小紅帽詫異地問。

桃樂絲環顧四周，道：「呼，剛才真是太驚險了，不過也打得爽對吧？」

「我自動把妳的問題轉換為『夥伴們妳們還好吧』？我沒事。」小紅帽回答。

「我只是喉嚨有點痛。」歐若拉啞著嗓子說。

「誰叫妳只會尖叫，吵死人了。」白精靈從高處飛了下來，不屑地說。

「抱歉，我真的嚇了一大跳，我覺得自己好像把妳們給拖下水了。」歐若拉一臉內疚。

「是我自己要來的，而且我早就料到這趟旅程沒有表面上那麼平順。但是我不習慣欠別人人情債，要是不來，我會良心不安，反正就當是贖罪吧。」小紅帽很乾脆地回答。

「妳們沒有我，大概活不過兩天吧，真沒辦法，我只好捨命陪君子啦。」桃樂絲笑稱。

「對了，妳們有沒有聞到食物的香味？」歐若拉問。

「有啊，我認為正是香味把熊怪引走的，我們出去看看。」小紅帽勾勾手指。

女孩們走出小木屋，迎面便見到一名活生生的稻草人面帶微笑，朝她們走了過來。稻草人靠著擺動關節前進，步履像是直行的螃蟹，稻草幻化的肌肉則令每個步伐都沙沙作響。

「那是啥？」小紅帽倏地停步。

歐若拉怔怔地看著稻草人，仔細研究對方乾枯稻草紮成的軀體和四肢，還有以布袋上畫上五官、套在稻草上的腦袋，他的微笑是一抹歪斜的紅色筆跡，眨巴眨巴的眼睛則是兩團墨漬。

「看來我的方法奏效囉？」稻草人驕傲地揚起下巴。

「是你幫我們引走熊怪？」桃樂絲問。

「是呀，麥片粥加上蜂蜜和纈草根的萃取物，熊怪最喜歡了，吃幾口便能睡著。」稻草人洋洋得意。

小紅帽聞言，吁了口氣道：「光憑藥草就讓熊怪睡著？早知道我們就不必瞎忙，乾脆帶外婆上路好了。」

「是非常大量的藥草，是我連續幾個月苦心收集的精華呢，因為我沒有腦子，不記得用量，只好把纈草根全部丟進粥裡。」稻草人哈哈大笑，讚美道：「妳們好厲害呀，那把魔法剪刀揮來揮去，就像是兩把大刀一樣，還能放大縮小哩。尤其那把會發光的寶劍更是嚇人，一看就知道經過白女巫的加持，我站在門外看得一清二楚。」

「謝謝。截至目前為止，我們的團隊合作都表現得很不錯。」小紅帽伸出雙手，戒備地將兩個夥伴攬近身旁。

接著，稻草人話鋒一轉，道：「不過，妳們得小心提防奧茲王唷。奧茲王派士兵到處捉拿女巫，為了挖礦，他們連普通百姓都不放過呢。唉，農民都被士兵抓去當礦工，再也沒有田地需要稻草人，我失業很久了。因為沒有腦子，我也找不到別的工作……」

「為什麼要挖礦？」

「為了創造更強大的軍隊，好打敗女巫呀。」稻草人理所當然地說。

三番兩次聽到關於奧茲王的傳言，歐若拉懷抱滿腹疑問，拼命回想所有聽過的故事片段，希望能弄清楚那位眾人口中昏君的真正想法，無奈在現實世界中的奧茲王角色只是個稍縱即逝的配角，歐若拉什麼也想不起來。

更困擾她的是，明明稻草人和桃樂絲在綠野仙蹤的故事裡，是同甘共苦的夥伴，現在兩人面對面，卻表現得彷彿互不相識一樣。難道還有其他稻草人？又或者，桃樂絲的故事才剛開始？

歐若拉終於忍不住，她拍拍稻草人的肩，對著他和桃樂絲說道：「這樣說或許很奇怪，但我認為，妳們倆應該很熟悉彼此才對。」

「怎麼說？」

歐若拉侃侃而談，將印象中的綠野仙蹤故事交代一遍，稻草人則瞪大了眼睛專心傾聽，愈往下聽，瞳孔的墨漬似乎瞪得愈大。

經歐若拉這麼一說，又聽聞三個女孩認識的過程，稻草人這才意識到眼前的女孩正是久別重逢的桃樂絲，他哭哭啼啼地衝上前去，給了桃樂絲一個情感細膩卻觸感粗糙的擁抱。

「妳是桃樂絲？唉呀，我找妳找得好苦哇！可是，妳的髮型怎麼變了？還有，眼睛好像也不太一樣了呢？」稻草人嗚咽。

桃樂絲滿臉錯愕，摸摸後腦杓說道：「欸，大概是我在戰鬥的時候敲到頭了，我好幾次被人打暈，所以有些過去的印象很模糊。」

「真是令我傷心，就連我沒有腦子也記得一清二楚呀！看來打架的後遺症是讓妳變得跟我一樣糊塗了，我得多存點錢，也幫妳換個腦子才行。」稻草人說。

稻草人花了點時間，解釋桃樂絲不見以後的情況：原來，稻草人和鐵皮人、托托以及獅子並沒有得到想要的頭腦、心臟和膽子，由於各地不時傳出青壯人口被徵召之事，他們以為桃樂絲要不就是被黑女巫抓走了，要不就是給奧茲王的手下逮到，送去充軍了。少了團隊的靈魂人物，他們猶如一盤散沙各分東西，公正無私的鐵皮人成為機械城的城主，負責管理周圍的鄉鎮，稻草人自己則在外遊蕩，期盼有一天能找回桃樂絲。

「正好我們想要去機械城，能不能請你帶路？」小紅帽問。

「當然可以，我們的老朋友鐵皮人一定會殷勤款待各位。」稻草人拍拍胸脯保證。

走出森林以後，前方的視線豁然開朗，連綿的丘陵繪出優美的弧線，眾人再次踏上平坦的石板路。

「先是貝兒和野獸的城堡，再來是桑席的高塔，我合理懷疑黑女巫已經滲透進入每一座城池，我們最好小心為妙，誰曉得她們打得是什麼鬼主意？」小紅帽斷言。

「妳外婆不是說她們打算稱霸世界？」桃樂絲拍拍肩上的球棒。「依我看哪，黑女巫應該直接向每位城主宣戰，打贏了就拿下城堡。」

「那是最笨的方法。」小紅帽斜睨桃樂絲，道：「以黑女巫目前運用的洗腦策略，不動一兵一卒就能控制城堡。」

「妳指的是一般的小城堡唷，像翡翠城那樣規模龐大又門禁森嚴的城池可就沒辦法了，聽說奧茲王本身是厲害的魔術師，旗下還有機械兵團長和魔法兵團長兩門大將呢。」桃樂絲說。

「是嗎？哼哼，但我總覺得不只這樣，也許她們也在暗中偷偷觀察我們，怕我們解除了白女巫的封印。」小紅帽將眾人掃視一遍，提醒：「等我們見到鐵皮人以後，稻草人先試探他，看他是不是也被黑女巫收買了。」

歐若拉聽了不禁心頭一緊。「有道理。」

「那妳們站在我後面，讓我先探探他的口風，自從桃樂絲失蹤以後，鐵皮人變得有些敏感，他沒有心嘛，省得他被嚇著了。」稻草人饒富興味地盯著小紅帽，道：「呵呵！妳真聰明，有意願出售妳的腦子嗎？」

「即使沒有腦子，你也挺幽默的嘛。」小紅帽白他一眼。

「我是嗎？謝謝誇獎。但是我該問他什麼問題呢？唉，沒有腦子真麻煩。」稻草人說。

「不如你問問他，如果桃樂絲回來了願不願意退位？我認為桃樂絲才應該是守護機械城的城主才對。」歐若拉說。

「妳真的這麼想？」桃樂絲驚喜地整個人眉飛色舞起來：「我是沒什麼管理城堡的天份啦，但是聽到妳這麼挺我，就足夠了。」

「假使桃樂絲就是城主，那她是不是也該擁有一片光之碎片？」小紅帽猜測。

「對耶。」桃樂絲手舞足蹈地往身上這裡摸摸那裡摸摸，不停掏出奇怪的小東西。「會不會是線頭？還是梳子？我腳上的靴子跟了我好多年了，不知道有沒有可能呢？我身上沒有什麼珍貴的東西啦，但既然桑席的頭髮都藏著碎片了，搞不好我的也是喔。」

「這也是我覺得相當奇怪的地方。」歐若拉蹙眉，不好意思地承認：「在妳身上，我感覺不到任何可能是光之碎片的物品。」

「這樣啊？沒關係，讓我再仔細想想還有什麼。」桃樂絲啃咬手指。

說到這裡，目的地已近在眼前。

石板路已經走到了盡頭，在一片裸露的礫岩地質上，出現了一幢完全以金屬打造的堡壘，陽光自打磨銳利的金屬城牆反射而出，灼人的光輝幾乎要刺傷所有人的雙眼。

歐若拉瞇眼細看，只見機械城裡巨型齒輪轟隆運轉，帶動上上下下的索具和吞雲吐霧的蒸汽煙囪，彼此糾纏的金屬管線朝天空猙獰地伸出指爪，讓堡壘看起來像是以好幾座大型工廠拼裝而成的突兀作品。

「噹噹，機、械、城到了！」稻草人宣布。

「瞭望台上有士兵，應該早就發現我們，並且幫我們通報城主鐵皮人了吧。」桃樂絲撫著胸口，對於老友久別重逢顯露出難得的緊張。

歐若拉扭著手指，機械城聽起來像地下室的鍋爐，空氣裡瀰漫著煙硝味，這是工業城市特有的氣味，來自大城市的歐若拉理應感到安心才對，但是她的第六感並沒有特別的感覺，什麼都沒有，她感應不出堡壘內盤據的力量是光明還是黑暗，辨別不清城主的姿態是明亮還是漆黑，就像盯著一張空白且懸而未決的紙，而紙張尚未被抹上色彩。

繞過機械城前方因風化侵蝕崩落而大小不一的岩山，一行人走向堡壘大門，門口佇立著左右兩名身穿軟胄的士兵，二人的面色皆一如城池的銅牆鐵壁般肅穆凜然，讀不出任何立場和情緒。

士兵見到她們，馬上舉起手裡的長槍，槍尖朝前指向陌生人。「通行證？」

稻草人臉上堆滿笑容，舉起稻草綁束的手來向士兵打招呼：「嘿，是我啊，鐵皮人的老朋友稻草人呀。」

「拿出通行證。」士兵堅持。他們不為所動，繼續擋在大門前，沒有絲毫讓開的意思，槍尖冷冷的威脅便是唯一的回覆。

「真是不近人情。」稻草人埋怨。

「讓我來試試。」小紅帽拍拍稻草人的肩，示意他讓開，隨後擠出討好的笑靨：「我們是城主的老朋友，麻煩幫我們通報一下。」

「到底給不給人過啊？」桃樂絲不耐煩地往前一站。

士兵們的長槍瞬間攀上了桃樂絲的喉頭，猶如吐信的毒蛇般不懷好意，但桃樂絲反應更快，球棒一頂，再轉身一扭，立刻打落了兩柄槍尖。

白精靈在桃樂絲頭上嚇得直打哆嗦，連尖叫都省下來了。

「你們幹什麼？」小紅帽怒叱。

更多士兵從後方圍了上來，歐若拉歷經熊怪的奇襲以後，拔出光之劍已不再猶豫。她覺得自己像是某種開關或者媒介，面對危險時只要按下開關、觸發媒介，反擊立刻成為她的自然本能，和喝水吃飯一樣容易。

「哪裡冒出來那麼多人？」歐若拉緊握光之劍，和雙手揮舞大剪刀的小紅帽背靠著背。

「不知道，唯一可能的猜測就是，鐵皮人也被黑暗控制了。」小紅帽咬牙道。

「好啊，那就來打一場呀，誰怕誰！」桃樂絲掄起球棒便往距離最近的士兵砸，當場把他的長槍折成兩段。

其他士兵們見狀，更是節節逼近眾人，就在雙方準備大動干戈之際，一個高分貝的單調嗓音制止了即將到來的腥風血雨。「住手！」

「鐵皮人！」稻草人欣喜地喊道。

身高超過兩公尺的鐵皮人有一張剛毅的臉，他的皮膚就是金屬，閃亮亮的銀色盔甲渾然天成。他的聲線則好比卡車喇叭，單調而低沉，卻又不怒而威。

「士兵向我通報大門前有紛爭，沒想到居然是你！」鐵皮人握著稻草人的肩。

「還說呢，我差點連小命都沒了，你的士兵也太不講道理了吧。」稻草人心有餘悸地抱怨。

「是我下的命令。」鐵皮人解釋：「雖然機械城固若金湯，現在都還沒被攻下，那也是因為我們守衛夠嚴謹，否則整座城池早就被奧茲王拆了去打造他的機械大軍，或是讓黑女巫篡位囉，聽說東西南北等幾個小國，就是淪為女巫掌權。」
「所以機械城的立場是……中立？」小紅帽問。
「沒錯。」鐵皮人答。
「你有聽過黑之月事件事件嗎？」小紅帽又問。
「當然有，據說白女巫們在大戰後退隱深山了，真希望她們能儘快復出，阻止亂源，平定天下。」鐵皮人衷心地說。
歐若拉與小紅帽交換了個眼神，看來鐵皮人還不知道白女巫被封印、以及聖典和光之碎片的事。
小紅帽轉動眼珠，試探性地問道：「嚴格說起來，機械城算是支持光明的一方？」
「我們崇尚自由，不願淪為奴隸，機械城撐過的每一天，都會驕傲地自稱是支持光明的一方。」鐵皮人承諾。
「太好了。」桃樂絲感動地說，雙腳不自主向前一步。
「好朋友，快點進來，我設宴給各位洗塵。」鐵皮人大手一揮，士兵們立刻散開，各自回到崗位。
「等等，差點兒忘了，沒有腦子真辛苦。」稻草人忽然拍著空空的腦袋，說道：「假使桃樂絲回來，妳願意讓位給她嗎？」

「當然沒問題。」鐵皮人爽快答道。

稻草人朝桃樂絲擠眉弄眼，傻笑道：「女孩，妳得學學怎麼管理城池了。」

「我不確定能不能辦得到耶。」桃樂絲喜孜孜地又向前走了一步。

她朝歐若拉拋出微笑，那個笑容像是在說：看吧，等我入主機械城以後，就算得把整座城翻過來，一定也要為妳找出光之碎片。

然而，鐵皮人卻困惑地皺眉，他的視線在稻草人和桃樂絲之間流轉，好一會兒後才說道：「我很願意讓位，可是，這女孩不是桃樂絲啊。」

桃樂絲的笑臉瞬間僵硬凝結。

到底要怎麼做……
才能跨越這道高牆呢？
簡單，說出通關密語：桃樂絲是個無腦的惡婆娘就行了。
『桃樂絲是個無腦的惡婆娘』？
你在叫誰無腦的惡婆娘啊？
啊啊啊啊
咚！
嗯嗯——
不虧是桃樂絲，角度再修正一下就行了。
閉……閉嘴啦！

第五章　藍色，沉鬱的貪瀆

現實世界穿越而來的小女孩，擁有往返童話世界與現實的能力。目前與瘋帽客同居中，從小被家族細心呵護的大小姐，思考單純又不善言辭，盡信人言容易上當，被激怒吐槽卻又因為回不了嘴而氣哭，然後含淚跑走，氣憤無處發洩的時候就會想要大吃。奶茶色中長雙馬尾，穿著華麗的白襯衫與短裙，橫條紋大腿襪，內褲是藍白條紋。有時候會陷入邊吃邊哭的惡性循環內。

愛麗絲

歐若拉、桃樂絲、小紅帽與白精靈帶著滿心期待造訪了機械城，然後又帶著失望離去。

突如其來的打擊太大，女孩們一時之間無法接受，於是婉拒了鐵皮人的邀請，把一頓大餐款待和一張柔軟床褥推拒在外。直到草草補充糧食飲水，並再次踏上石板路，女孩們仍然感到迷惘而困惑。

據鐵皮人說，眼前自稱是桃樂絲的女孩和他認識的桃樂絲完全是兩個不同的人。

「會不會單純只是同名同姓？還是桃樂絲被黑女巫洗腦了？說不定是鐵皮人被洗腦了？又或者，鐵皮人根本是黑女巫的爪牙，他對我們說謊？」小紅帽拋出一個又一個的問題。

「別胡亂猜測了，這樣會讓桃樂絲心情更壞，我們得讓她恢復笑容才行。」歐若拉阻止她繼續猜下去。「別垂頭喪氣的嘛。」她靠近桃樂絲，嘗試與她搭話，但桃樂絲並不領情。

「她看起來像是失戀一樣，整個人失魂落魄的，時間是最好的良藥。」小紅帽撇撇嘴。

「嘿，這樣不像妳喔。」歐若拉仍在桃樂絲揮舞手掌。

桃樂絲僅是機械性地聳聳肩，彷彿身體跟著大家移動，心智卻關在某個不見天日的小房間裡。

「饒了她吧，讓她靜一靜。」小紅帽陰鬱地說：「不只是桃樂絲，我們早就變得不像自己了。」

歐若拉打起精神，道：「改變不見得是壞事，這盤棋局還勝負未定呢，黑女巫先走不見得能贏得先機，只要他們走錯一步——」

「就有好戲看了。」小紅帽悶哼。

既然發現桃樂絲並不是桃樂絲，稻草人也沒有理由再繼續跟著她們，這下子，她們又恢復為三人、一精靈的組合。

告別機械城以後，桃樂絲一路上鬱鬱寡歡，整個人無精打采，彷彿在半夢半醒之間遊走。她開懷的笑容不再，她的臉就像是一個無底洞，默默吞噬著其他人的話語和關心，而且只進不出。女孩們用安慰之詞填滿桃樂絲的耳朵，卻餵不飽她空虛的心智。

「我不是桃樂絲，那我到底是誰？」她喃喃問著自己。

「對我們來說，妳還是妳呀，不管你叫做桃樂絲還是其他名字，都沒有任何差別。」一度，小紅帽搖著她的肩膀說。

桃樂絲聽若無聞，她急急忙忙對歐若拉說道：「妳趕快翻翻聖典，看裡面有沒有寫出我的身世？」

「抱歉，書中沒有那類資訊，只有幾則童話故事而已。」歐若拉擠出一個愛莫能助的苦笑。

「我對妳們說謊，我那麼積極加入妳們，其實是為了搞清楚我是誰。」桃樂絲猛搖著頭，沉浸在自己思緒的迷宮裡。「可是繞了一大圈，怎麼還是弄不清楚呢……」

歐若拉和小紅帽的視線交會，兩人對桃樂絲沒有責怪，她們心知肚明桃樂絲被自己給禁錮了，答案將會是解放她靈魂的鑰匙，可惜目前沒有人想出答案。

於是女孩們變換了隊形，歐若拉走在前頭，小紅帽殿後，兩人把桃樂絲夾在中間，讓她能沉浸在自己的思緒裡同時受到保護。

根據那張貝兒手寫的地圖看來，她們會在石板路上的第一個十字路口找到前往下一座城池的捷徑。歐若拉探頭凝視小紅帽手中的地圖，仔細辨識泛黃羊皮紙上貝兒粗略的線條和潦草的字跡，再抬眼對照周遭景物，頓覺愈看愈迷糊。

「石板路到此為止，沒有路了。」歐若拉以腳尖踮了踮道路末端的最後一塊石板。

再過去便是稀疏的樹林，樣貌極其普通，好比風和日麗的秋天，隨處可見適合野餐的那種郊外林蔭。

小紅帽沒有吭氣，她全神貫注於地圖之中，不時拿起來正著看、倒著看，再反過來看，澈底發揮老學究的精神，執意追根究柢，不肯放過任何可能性。

而白精靈早就放棄了，她睡倒在桃樂絲凌亂的頭髮上，小巧的胸脯輕微起伏。日子一拉長，她的耐性已經用罄，聒噪的威力依然驚人，但起碼頻率降低，時間也縮短了不少，歐若拉不確定是不是魔法的影響。

這時，一叢石楠動了動，搖下了幾枚葉子。

「是誰？」小紅帽猝然一驚。

「妳不要嚇我。」歐若拉壯著膽子握住桃樂絲的手，將她拉到自己身後。

樹叢中又傳來窸窣聲，這回更清晰了，兇手還露出一截毛茸茸的白色短尾巴。不知名的動物搖搖屁股，尾巴也跟著搖了搖，好似在和她們打招呼。

「那是……什麼？」歐若拉錯愕地盯著那團白色毛球。

「顯然不是怪物。」小紅帽卸下心防，鬆了口氣。

眨眼間，一隻身穿燕尾服的兔子竟從石楠後方一躍而出，以超乎想像的速度狂奔衝進樹林，消失在一棵榆樹後方。

歐若拉似乎想起了什麼，她驀地喊道：「跟著牠！」

沒錯，一定是這樣。一段故事在歐若拉的腦海中盤旋，她拉著桃樂絲的手腕奔跑，後方緊跟的是小紅帽追逐的跫音。隨著腦中情節一點一滴凝聚成形，也勾勒出歐若拉找尋的目標：一個樹洞。

當歐若拉趕至樹下，剛好看見毛茸茸的尾巴塞進洞內。那是一個僅能容納一名瘦小少女通過的樹洞，就位在榆樹異常粗壯的樹根處。從泥土中鼓起的樹根猶如聳立的筋肉，護衛著深不見底的洞口。

「從這個洞鑽進去，肯定就是前往下一座城的捷徑，如果我沒猜錯，我們即將尋找的城主名叫紅心女王。」歐若拉語氣急促地解釋：「別問我為什麼知道，我就是知道要跟著兔子！」

小紅帽點點頭，沒有打算反駁或質疑歐若拉的說法。她只是一個勁兒的檢查起錯結盤根構成的樹洞，不疾不徐地說道：「看這洞口的大小，就連妳我想通過都很勉強了，桃樂絲可能塞不進去。」

歐若拉一怔，這才注意到桃樂絲的體型明顯比樹洞大得多了。

「那怎麼辦？」歐若拉遲疑地踢著樹根。

「妳先進去，妳知道該找誰要光之碎片，等我把桃樂絲擠進洞口以後，我們再去找妳會合。」小紅帽決定。

歐若拉驚恐地瞥了小紅帽一眼。

「妳可以的，記住，妳是聖典挑選的繼承人。」小紅帽溫和篤定的目光重重落在歐若拉身上，像是一種認可，又像是一句允諾。「事不宜遲，再不追上去就要跟丟了。」

「我是聖典所選。」歐若拉複述，隨即深吸一口氣，將恐懼嚥回肚裡。

她伸手探入漆黑陰涼的樹洞內，以手肘撐著自己往前爬行。才不過爬了兩公尺，她的上半身便壓在一塊鬆軟的泥土上，土堆崩塌，緊接著洞穴急轉直下。

在傾斜的洞穴中，歐若拉整個人匍匐在滑溜的坡道，全身加總的重量逼得她頭下腳上往前滑去，而且速度愈來愈快，到後來甚至變成滑草般的衝刺。

樹洞似乎沒有盡頭，潮溼的泥濘不時噴濺在她的臉上，最後，她以幾近垂直的角度往下墜落。

「啊……」歐若拉放聲尖叫。

叫聲軋然而止，歐若拉撞破一層屋頂，掉進一個房間內，再度變成自己一個人。

許久以後，歐若拉甩了甩腦袋，甩開撞擊時產生的昏沉與疼痛。「唉唷。」她揉揉身上的多處瘀青，定睛一看，發現自己正站在一幢每面牆上都有一道門的六角形房間內。

「一、二、三、四、五、六……」歐若拉彎腰查看，自言自語道：「咦，底下還有一道小門，一共七扇門？」

情況不言而喻，這房間必定是童話故事《愛麗絲夢遊仙境》裡頭的場景。

果然，她在房內唯一的一副家具——木頭桌子上看見一瓶色澤清澈的藥水和一把小巧的鑰匙，蹲下身去，又在椅腳邊看見一盤和指頭一樣裝飾著粉紅糖霜的迷你杯子蛋糕，她把蛋糕盤拿起來擱在藥水旁邊，重新打量起四周。

她繞著六角形房間走了一圈，只見每一面木門都漆上了不同顏色，分別為罌粟紅、夕陽橙、雛菊黃、青草綠、天空藍和彷若沉鬱午夜的靛藍色，加上那扇紫羅蘭色的小門，剛好湊成彩虹的七種顏色。

每一扇門也都上了鎖，除了紫羅蘭色的小門以外。歐若拉兀自思忖，究竟該從哪一扇門出去？

是要喝下藥水，循著「愛麗絲夢遊仙境」故事中愛麗絲的軌跡？

但若是喝完藥水，待會兒小紅帽和桃樂絲抵達的時候該怎麼辦？

也許別扇門後會有更近的路？

歐若拉晃啊晃的，苦等良久始終沒能見到小紅帽和桃樂絲，內心開始有些焦急。忽然，一絲細細的水流自門縫沖進六角形房間內，然後是東西撞上門外發出的砰然巨響，以及動物痛苦哀號的聲音。

「哪來的大水啊？」一個尖銳的嗓音叫罵。

「還不都是愛麗絲又在哭了！」另一個聲音粗里粗氣地說。

水勢趨於洶湧，房內的水位也跟著高漲，很快地便淹過了歐若拉的鞋跟和小腿肚，一路朝著歐若拉的大腿處挺進。外頭的喊叫交織為一首危機四伏的戰歌，歐若拉必須儘快做出決定，否則就得等著滅頂。

她決定不按牌理出牌。

歐若拉一把抓起桌上的藥水、鑰匙和蛋糕塞進褲子口袋，然後從聖典中喚出光之劍，雙手高舉劍柄，斷然劈開面前那扇靛色的木門。

好比打了個大噴嚏，木門轟然炸開，不規則的木頭碎片向外飛散，水流隨之湧出。戶外燦爛的陽光撒落在濕答答的木屑上，融合為一道模糊的界線。

「只剩我一個了。」歐若拉喃喃說道。

她將光之劍納回聖典內，拍拍書皮，一隻手遮在額際，擋下刺眼的光線，然後回頭看了最後一眼。

「為了光明，為了朱拉。」語畢，歐若拉抬起腳後跟跨出門檻，跨過界線。

豔陽之下，纖細的身形後方，連接的是一抹碩大修長的影子。

歐若拉懷疑自己在原地繞圈子。

不管她往哪個方向走，幾步之後總是會撞上一面樹籬，這些雜亂無章的樹叢像野火燎原一樣朝著四面八方生長，茂密的灌木讓她無法從兩棵樹之間擠過去。歐若拉已經走得汗流浹背了，溼漉漉的衣服和頭髮都黏在皮膚上，卻還是在樹叢間打轉。

眼前除了枝葉還是枝葉，她看不到一朵花或是一隻小動物，不禁納悶故事中老是大放厥詞的花朵和老鼠都上哪兒去了？

當她左轉步行了一段時間，然後再次撞上一面樹籬、走進一條死路時，忍不住停下腳步氣得大罵。

「可惡，這些陰魂不散的樹簡直像牆一樣，不停擋住我的去路！」歐若拉跺腳，突然，某個電光火石般的想法擦亮了她的神經。「牆……難道這些樹籬是迷宮？」

接下來，歐若拉擬定全新的策略，她不斷沿著樹籬走，遇到岔路就向右轉，遇到死路就折返，盼望能一路摸索找到出口。

可惜天不從人願，又過了數十分鐘，歐若拉已經走到腳底發麻，環顧四周仍然只有豐茂的樹葉。

一隻夾雜金綠色斑點的藍紋蝴蝶翩然而至，降落在附近的一枝嫩芽上，觸角輕輕晃動，像是打招呼，又像是刺探。

「嘿，你知道紅心皇后的城堡在哪裡嗎？」歐若拉問蝴蝶。

蝴蝶默不作答，牠的羽翼緩緩上下起伏，近看之下，像是抖落了一身金粉。

「奇怪，這裡的動物不是會說話嗎？」歐若拉納悶，更是傾身向前，音量也隨之提高。

「哈囉？」

蝴蝶受到驚嚇，拍拍翅膀飛離嫩枝，徒留錯落的搖曳金光。

歐若拉嘆氣，經過一連串徒勞的努力，她開始相信自己沒有愛麗絲的好運氣，能處處得到指引。但是她也知道自己不是個耽溺於自怨自艾的人，況且，她沒有時間可以浪費在失望和抱怨上了。

她決定善用手邊籌碼：知識，也就是對童話故事的熟稔；以及聖典與光之劍。

「看來只剩下一個辦法。」她的手指探向腰際，準備取出光之劍，揮斬樹枝，給自己清出一條道路來。

「哈……囉？」老邁的聲調吸引了她的注意力。

「誰在說話？」歐若拉左顧右盼。

「是我。」聲音現身於她的腳邊。

歐若拉低頭一瞧，視線終於聚焦在翠綠色葉片上一個肥胖的灰點，她認出那是一條毛毛蟲，正確來說，是「那條」抽著水煙的毛毛蟲。

終於哪，歐若拉微微一笑。

煙味聞起來帶有薄荷的清涼和肉桂的嗆辣，水煙管則是竹子做的，連接一個像牛皮袋一樣圓圓胖胖的水煙壺。毛毛蟲本人也長得圓圓胖胖，講起話來嘴巴噴出灰煙，好似一截蓄勢待發的小火車頭。

「並不是所有動物都會講話。」毛毛蟲回答她幾分鐘前拋出的問題。

「你都聽見了？」歐若拉困窘地臉紅了，但同時也放下心來。「我認識你，你是指引愛麗絲的那條講話很有智慧的毛毛蟲。」

「謝謝誇獎，我不認識妳，不過倒是從妳身上認出了某樣東西。」毛毛蟲側躺著，慢條斯理地吐出煙圈。

印象中，那傢伙就像是萬事通一樣，有辦法回答任何問題，於是歐若拉打算把握機會，把和朱拉分別以後，累積的一籮筐問題通通問個清楚。

歐若拉索性席地而坐，她平視毛毛蟲，開口問道：「我弟弟朱拉過得好嗎？我該如何找到我弟弟？小紅帽和桃樂絲在哪裡？還有，我該怎麼走出這片迷宮？」

「不要急，一次問一個問題。」毛毛蟲緩喊說道。

「好吧……」歐若拉噤聲。

「對了，我至多只能回答妳三個問題，因為我的時間將盡。」毛毛蟲告訴她。

「那你還叫我別急？」歐若拉瞪眼。

「嗯哼。」毛毛蟲驟然消失於眼前，接著，又出現在歐若拉左前方的葉片上。

歐若拉強迫自己整理好思緒，將滿腹疑雲重新排列組合，挑出最重要的問題諮詢毛毛蟲的意見。對她來說，排在首位的，當然就是弟弟朱拉的下落了。

「我的弟弟在哪裡？」歐若拉問。

毛毛蟲從容不迫地吐著煙圈，一個、兩個、三個……繼而回答：「妳問錯問題了，重要的不是他在哪裡，而是跟誰在一起？」

歐若拉聞言喉頭一緊，胃部也彷彿打了好幾個結，各種可怕的刑求畫面在她腦中成形，想像中的黑女巫不斷以鞭子責打朱拉，同時也好似鞭打著歐若拉的心。

她結結巴巴地問道：「意思是說朱拉現在有危險？黑女巫是不是對他嚴刑拷打？還是虐待他，不給他飯吃？」

「妳怎麼會那麼想呢？」毛毛蟲呵呵笑，道：好啦，這樣就兩個問題了，妳只剩下最後一個提問。」

語畢，毛毛蟲再度隱形。

「你作弊！」歐若拉自地上起身，揮舞著拳頭抗議道：「我連一個答案都沒能得到呢。」

「我哪有作弊，妳的第一個問題是問『弟弟在哪裡』，我的答案是『重要的是他跟誰在一起』。妳的第二個問題是『弟弟是不是有危險』，而這根本不構成問題呀。」這次出現的只有毛毛蟲低沉的嗓音，卻不見形體。

「說了也等於沒說。」歐若拉咬牙切齒地說。

「妳若是聽不懂，我也沒辦法。」

「真氣人，毛蟲先生，你可不可以不要一直轉來轉去？」

「女孩，注意妳的態度。」

一股無名火在歐若拉的胸口蔓延，儘管小紅帽和桃樂絲不在身邊，她卻覺得自己彷彿接收了兩人的不耐煩，還要再乘以三倍。歐若拉很想用手指捏扁毛毛蟲，或是把牠從葉子上彈飛，但是她強迫自己冷靜下來，避免莽撞行事。

「妳到底要不要問最後一個問題，我的時間不多了。」毛毛蟲再次現身於歐若拉的背後，成為樹梢上一團若隱若現的灰漬。

歐若拉轉過身去，這回她思索許久，一番精打細算後才敢開口問道：「我想要得到光之碎片，我該如何抵達紅心皇后的城堡，才能向她索取？」

「妳學聰明囉。」毛毛蟲深深吸入一口水煙，然後吐出成串的煙幕。「這個問題呀，既對也不對，我就好人做到底，與其告訴妳答案，不如直接將答案送上門來。」

說時遲那時快，矮樹迷宮動了起來。

若原本和毛毛蟲的對話是在放慢三倍的速度中進行，現在一切就像快轉：四面八方的樹籬向後倒退，腳下冒出整齊草坪，空地上憑空出現一張桌子、十張椅子和數不清的茶點，一個頭戴高禮帽的男人彷彿從半空中落下，砰的一聲掉在座位上。

「有新朋友？」男人開心咧嘴，扯出一道歪斜的笑。

然後一切靜止，安然就緒。歐若拉現在置身於一處彷若歐式庭園的草皮中央，那些難纏的樹籬變得乖巧聽話，排列出放射狀的整齊隊形，猶如完全服從命令的士兵，不再擅自移動。

「你是瘋帽客？」憑藉對故事的記憶，歐若拉猜出眼前頭戴禮帽、身穿禮服，做爵士打扮古怪男子的身分。

「正是在下。」瘋帽客左手捏著茶杯，右手像趕蚊子般隨意揮舞。

「我搞糊塗了。」歐若拉甩甩頭，蹙眉說道：「我問毛毛蟲一個問題，結果牠說要把答案直接帶來給我，我很確定你並不是我想要的答案。」

「說不定我是？」瘋帽客挑眉，咧嘴露出成排牙齒假笑。「要喝茶還是猜謎語？」

歐若拉瞪著他，故事中的瘋帽客聽起來像是個神經病，親自看到以後，似乎也相去不遠。

「不喜歡？那這樣呢？」瘋帽客斂起笑容，放下手中茶杯，以低八度的嗓音，正經八百地問道：「要喝茶還是猜謎語？」

歐若拉左右張望，確定再也找不到毛毛蟲忽隱忽現的身影後，只好把注意力挪到面前唯一說話的對象身上。一鳥在手，好過兩鳥在林。即便耳聞瘋帽客說話顛三倒四，也只能將就一下了。

「如果我做出選擇，你就願意指點迷津嗎？」歐若拉在瘋帽客右手邊的座位就座。

瘋帽客笑嘻嘻地大力點頭，高禮帽也搖搖欲墜。

「好吧，我不擅猜謎，我選喝茶好了。」
「選得好。」
「喝快一點唷，我趕時間。」
「妳急著走啊？唉呀呀，看來下午茶只能喝三個小時了。」
瘋帽客彈了個響指，頃刻間，原本已經擺滿食物的桌面竟變出一個點綴著紅草莓的三層奶油蛋糕，就擺在成堆鬆餅、酥餅、派餅和手指餅乾與果醬之間。
瘋帽客再彈手指，他面前便冒出一組白淨得近乎透明的骨瓷茶具，包括一壺熱騰騰的紅茶和兩只造型優雅的帶柄杯子。
「要加糖嗎？」瘋帽客問。
「不要糖，要一點鮮奶油，謝謝。」歐若拉回答。
瘋帽客提起茶壺，技巧熟練地將茶倒入杯中，色澤濃郁的紅茶在杯子裡不停旋轉，醞釀出細緻泡沫與裊裊香氣。接著，他斷然扔進五顆方糖。
「欸，我剛剛不是說——」歐若拉不情願地嘆氣：「算了。」
「你要的，她不給。你不要的，她硬塞給你。」瘋帽客以吟唱的方式說道，然後把茶杯推到歐若拉面前。
「什麼意思啊？」歐若拉捧起茶杯，邊吹涼邊啜飲。「好甜。」她皺著臉說。

「來吃蛋糕吧。」瘋帽客像變魔術一樣，從外套口袋裡抽出一把根本不可能塞得進外套的鋸子，開始這邊剁剁、那邊鋸鋸。

「喂，你把蛋糕都切爛了。」歐若拉驚呼。

瘋帽客不理她，逕自扯著嗓子道：「該給誰大塊一點？誰又該小塊呢？真是難以抉擇啊。」

眼見時間迅速流逝，歐若拉覺得自己在迷宮和茶會耽擱得實在太久了，不由得愈發心急。她心想，真是個瘋子，結果我選了喝茶，還不是得陪他猜啞謎。

「結果糖分太高，健康負荷不了，吃了死翹翹，呵！換個人吃才真正好，嘿！」瘋帽客高聲歌唱。

蛋糕被切得稀巴爛，奶油還因為瘋帽客粗魯的動作而濺得到處都是，其中一塊飛到歐若拉的髮絲上，另一團則正中她的鼻頭。

歐若拉抹去鼻子上的奶油，猛地起身，椅子向後摔倒。「真受不了，我不想要喝茶了。」

瘋帽客的歌聲凍結，宛如金魚般大張的圓形嘴巴也停格不動，只有一雙眼珠子骨碌碌地轉，偷偷打量著他心懷怨懟的客人。

「請直接告訴我，紅心皇后的城堡怎麼走？」歐若拉大聲說道，語氣中有不容置喙的堅定。

「唉呀，妳要去紅心城堡？早說不就得了。」瘋帽客把鋸子一扔，沾到鮮奶油的十隻指頭甩啊甩，接著從胸口口袋掏出手帕，將手指一一拭淨。

終於要結束這場鬧劇了，歐若拉在心裡安慰自己。

歐若拉很替自己感到驕傲，她發現自己雖然獨自上路，卻似乎從小紅帽那裡分到一些謹慎，也從桃樂絲那裡分到一些堅強，有了獨當一面的能力。

「妳沿著藍色的路走，就會到了。」瘋帽客伸手一指。

不知何時，庭園內出現了一條鋪著藍色卵石的步道，卵石步道蜿蜒曲折，沿著樹籬綿延而去，從桌邊完全看不見盡頭。

「到城堡要走多久？」歐若拉問。

「大概一個月吧。」瘋帽客心不在焉地剔著指甲縫。

「一個月？我等不了那麼久！」歐若拉抗議。

瘋帽客僅是聳聳肩，答道：「我的帽子魔法已經讓愛麗絲用過，所以失效了，若是妳有自己的魔法，也可以試看看。」

魔法？

「當然有。」

歐若拉不甘示弱，正準備亮出光之劍嚇死瘋帽客之際，卻不小心摸到藏在口袋裡的縮小藥水和放大蛋糕。她隨即拍手叫好：「有了。」

歐若拉蹲下身來，在樹籬下方找到了一叢蒲公英，隨後，她拔開藥水瓶的蓋子，小心飲下一口縮小藥水，然後學白精靈的方式，對蒲公英破口大罵——

剎那間，歐若拉的體型變得和毛毛蟲一般大，原本嬌弱的蒲公英則飄然離開莖部，恰似能帶著她迎風飛翔的熱氣球。

瘋帽客哈哈大笑，他手舞足蹈地喊著：「起風吧、起風吧！」

說來奇怪，這時果然吹來了一陣有如神助的怪風。

歐若拉緊抱住蒲公英柔韌的莖部，乘著風，順著藍色的卵石步道，就這麼飛往紅心皇后的城堡。

這真是一場沒完沒了的惡夢。愛麗絲忍不住嘀咕。

在夢境中，對一切的感受都會比現實生活來得麻木，就像這一刻。她仍舊搞不清楚自己為什麼會站在紅心皇后的花園裡，穿著女僕的白色圍裙，陪那個討厭的皇后打槌球，還給她當球僮。

此刻，紅心城堡後花園裡修剪整齊的草坪上，十來名卑躬屈膝的僕從簇擁著趾高氣揚的紅心皇后，有人端茶水、有人捧點心，還有人隨時給皇后遞手帕擦汗與搧扇子，希望能藉由皇后素來最喜愛的休閒活動討她歡心，遠處則站了兩排手持長矛的撲克士兵，護衛皇后的安全。

很可惜地，喜歡並不等於擅長，紅心皇后的興趣廣泛，例如賞花、散步、製作新衣、打槌球或看小丑表演雜耍，但是她唯一擅長的活動只有數落別人，以及命令士兵砍下別人的頭而已。

況且，愛麗絲認為紅心皇后本身才是危及他人安全的恐怖份子。

「又打歪了！到底是怎麼搞的？」紅心皇后扶正自己頭頂的皇冠，一臉不高興地衝著草地上滾動的刺蝟破口大罵：「都是你害的。」

愛麗絲站在一旁啞口無言，看著那隻倒楣的刺蝟四腳朝天躺在地上抽搐。而紅心皇后手裡被當做球槌的紅鶴更是可憐，牠不僅嚇得全身僵硬，動都不敢動，更認命地緊緊閉上了雙眼。

「真殘忍。」一位新來的衛兵低聲說道。

愛麗絲心頭一凜，朝對方瞥了一眼，發現紅心皇后沒有聽見，頓時替新衛兵感到鬆了口氣。

今天來了兩個新女孩，一個叫作桃樂絲，另一個叫作小紅帽。以球棒為兵器的桃樂絲總是悶不吭聲，動作也常常慢半拍，會耍弄剪刀的小紅帽則是看什麼都不順眼，不曉得「人為刀俎、我為魚肉」的道理。

雖然兩個新女孩有點奇怪，愛麗絲卻挺喜歡她們的，也許是和當地人比起來，兩個女孩……比較有「人味」吧，讓愛麗絲想起家鄉的街坊鄰居，有一種獨特的親切感。

「換一根。」紅心皇后把手中不合意的紅鶴往愛麗絲一推。

屢次沒打好球，讓紅心皇后的心情跌到谷底，她愈是不開心，下巴就揚得愈高，語氣也更是尖銳。反觀周遭僕人的眼神則落得更低，深怕和她對上視線，淪為下一個衰運纏身的出氣筒。

紅心皇后的壞脾氣眾所皆知，問題是沒有人膽敢忤逆紅心皇后，畢竟王國律法只有一條——皇后說了算。若是有人不從，則會被視為叛國賊，撲克士兵手中閃爍銀光的長矛立刻會沾滿叛徒的血跡。

愛麗絲默默地從球袋裡拉出另一隻瑟瑟發抖的紅鶴，小聲說道：「對不起。」然後遞給紅心皇后。

皇后動作粗魯地一把抓起紅鶴的腳，讓那隻僵立不動的可憐蟲倒栽蔥，頭下腳上以鳥喙擊出蜷縮成一團的刺蝟。

「嘿唷！」紅心皇后用力揮桿，下一球又打壞了。「可惡，又歪了？來人哪，把這隻愚蠢的笨鳥拉去砍頭！」

兩側的撲克士兵一聽，手中的長矛立刻有了動作。

「明明自己球技差，還硬要怪球桿和球不好，這像話嗎？」小紅帽咕噥。

「慢著，是誰在講話？」紅心皇后驀地轉過身來，銳利目光好似兩把利箭。

「噓，小心人頭不保。」愛麗絲輕輕搖頭示意。

小紅帽卻視若無睹，又或者她根本毫不在意。她繼續說道：「哼，動不動就砍別人的頭，等到殺光了所有人，就沒有人服侍妳了，昏君！」

「唷，原來是我的新寵物呀，好像是士兵在城郊抓到的對吧？笨女孩，妳以為我會因為一時的新鮮感而饒妳一命嗎？告訴妳，妳的保存期限已經過了。」紅心皇后眼裡閃爍冰冷的殺意。

「要不，妳也砍掉我的頭呀。」小紅帽挑釁道，還推了身旁的桃樂絲一把。「順便連誅九族，連我姊妹也一塊兒砍好了。」

愛麗絲的背脊竄過一陣涼意，她不明白，這兩個新衛兵怎麼那麼急著送死？

「正合我意，來人啊……」紅心皇后咆哮。

喊聲未歇，撲克士兵的矛尖已瞄準向前——

「不要亂來。」桃樂絲大喝一聲。

就算是習於裝死的昆蟲，也有求生的本能。這時，桃樂絲恍如大夢初醒，她皺起眉頭，蓄勢待發的手按在球棒上，掃視士兵們的目光則流露困惑。

「妳回神啦？呼，早知道激將法有用，我就不必傻傻地站那麼久。」小紅帽喃喃抱怨。

由於士兵們始終以為小紅帽才是兩人之中難纏的那一個，所以對桃樂絲毫無戒心，只當她是沒有反應的木頭人。見到她氣勢恢宏地大吼，反而為之震懾，呆立原地。

紅心皇后陰寒的目光掃過桃樂絲，她點點頭，氣勢跋扈地吼道：「又一個膽敢忤逆我的叛國賊？很好，兩個一起拖出去砍頭！」

「等等，」愛麗絲還來不及捂住自己的嘴，就吶喊出聲了。

她對自己的反應嚇一跳，心想，大概是思鄉病讓她真的把那兩個新女孩視為同鄉故友了吧。

紅心皇后轉身面對愛麗絲，冷道：「球僮，妳有話說？」

「平時妳拿自己的死忠擁護者出氣也就罷了，連強押而來的百姓都濫殺無辜，太不講理了吧？」愛麗絲未經思索便脫口而出。

「我就是王法！反了、這個世界造反了，球僮不聽話，衛兵頂撞我！」紅心皇后氣急敗壞地漲紅了臉，不管看到什麼都亂罵一通：「還有，我不是說我討厭白色玫瑰花嗎？叫園丁滾過來解釋清楚！」

「妳可以把花瓣塗上紅色的油漆，就變成紅玫瑰啦。」愛麗絲說。

紅心皇后驀地停下腳步，她不懷好意地瞄了愛麗絲一眼，道：「好點子。我看，就用妳的鮮血來塗好了。衛兵，砍掉愛麗絲的頭！」

狂風襲來，吹得撲克牌士兵東倒西歪。

愛麗絲以手掌抵擋勁風，透過指間縫隙瞇眼偷看，在飛沙走石掠過的瞬間，似乎捕捉到一抹憑空出現的殘影。一名手持七彩光劍的女孩彷彿將時空撕裂了一個口子，然後從中跳出來。

「歐若拉？」小紅帽驚喜地叫著。

起先愛麗絲還以為自己眼花，但是轉念一想，在這個世界中，動物會說話，紙牌變成人，想當然耳，像魔術一樣無中生有的女孩也不算奇怪。

「妳們怎麼……」歐若拉打量對峙的眾人，審慎評估局勢。

「我們掉到一間六角形房間以後，就從藍色的門過來，直接到紅心皇后的城堡了。」小紅帽斜睨紅心皇后一眼，道：「不過，妳確定沒有找錯人？紅心皇后簡直是個瘋子。」

「關於這個問題，剛才在來時路上我也想通了，赫然驚覺自己一步錯、步步錯。幸好，一隻毛毛蟲告訴我，我的想法『既對也不對』。

「而開茶會的瘋帽客總是語帶玄機，拿蛋糕來比喻權位，讓我想起紅心皇后的為人。所以我猜出來到紅心城堡是對的，但是光之碎片並不是向紅心皇后索取，而是向故事的主角愛麗絲討才對。」歐若拉表示。

「愈聽愈迷糊。」桃樂絲搔搔頭。

歐若拉驀地轉頭，晶亮的雙眼瞪得比晚餐鈴還要大。「桃樂絲，妳恢復正常了？」

「是啊，總算！我都快悶死了。」白精靈的聲音懶洋洋地說。

隨便一個人都能看出歐若拉很快樂，她的那份快樂就像漣漪，在她的臉上擴散開來。

「這個晚點再聊，先解決眼下的問題吧。」小紅帽意有所指地盯著蠢蠢欲動的紅心皇后。

「好吧，反正，妳們只要知道紅心皇后是壞人就好。」歐若拉的目光在人群中搜索，最後落在愛麗絲身上。「妳是愛麗絲對吧？」

愛麗絲愣愣地點頭。

「聽我說，愛麗絲，妳才應該是最適合的統治者才對。我們會協助妳登基，但是希望妳也能提供我們需要的幫助。」歐若拉說。

「亂講！愛麗絲算老幾？」紅心皇后憤怒地駁斥：「國家是我父親傳給我的，我是長女，理應繼承王位！」

桃樂絲適時舉起球棒，威脅性地在半空中揮了兩下，如炬的目光暗示紅心皇后不要輕舉妄動。

紅心皇后當場氣得七竅生煙，她從喉嚨扯出震耳欲聾的怒吼：「妳們這群無禮的下人，全都給我抓出去砍頭！」

撲克士兵一擁而上，歐若拉、小紅帽和桃樂絲紛紛舉起武器應戰。她們對於自己的武器已經相當熟悉，作戰也不成問題，很快地，光之劍一一斬斷士兵的矛尖，大剪刀將長矛一分為二，球棒則砸爛了長矛剩下的部分，眨眼間過半數撲克士兵都被迫繳械。

一邊攻擊的同時，歐若拉繼續對她的敵人喊話：「紅心皇后，妳不過是個戀棧權力的貪心鬼而已。在我從前的世界裡，最聰明、最善良的人才有成為統治者的資格。依我看，王位的傳承不該根據血緣，而是成為明君的潛力。」

「可是，我不確定自己有沒有資格欸……」一旁的愛麗絲怯怯地說。

「妳是不是經常覺得困惑，不明白規則到底是誰訂的？自己為什麼要服從？也為不公不義的事情打抱不平？當妳願意站在百姓的立場想，就贏過紅心皇后一萬倍了。」歐若拉抽空回應。

「我確實老是想要掙脫規則。」愛麗絲靦腆地低下頭笑了笑。

「那就是了。」小紅帽高聲幫腔：「愛麗絲一定能幫我們找到對抗黑女巫的光之碎片。」

「光之碎片？我不知道那是什麼。」愛麗絲艱難地說。

話甫說完，一隻翅膀上點綴著灰色圈圈的蝴蝶便悠哉地飛了過來，完全無懼於現場激烈的打鬥。

灰色蝴蝶駐足於愛麗絲的肩膀上，以低沉的嗓音對她呢喃：「女孩，妳知道的。」

接下來的變化讓眾人看傻了眼，霎時間，紅心皇后頭頂的皇冠騰空飛起，彷彿被什麼隱形的力量挪動，紅心皇后伸手想撈，卻只抓到一把空氣。

皇冠翩然飄移，最後像謝幕似地落在愛麗絲頭上，然後緊緊黏住不動。

撲克士兵們大驚失色，他們只猶豫了半秒，便扔下手中長矛，轉而向愛麗絲單膝跪地，朝新出爐的皇后投誠。

「不！」紅心皇后氣得嘶吼。

「看來皇冠自行選擇了繼承人囉。」小紅帽譏諷。

愛麗絲伸手探向頭頂，不料卻摘下了一枚心型的紅寶石，她不明就裡地攤開手心，那珠寶突然大放異彩，奪目的光輝與歐若拉腰際的聖典相互輝映，好比燦爛的落日追逐晚霞。

漸漸地，兩股光芒融合為一體，紅心寶石幻化為一小片瑩瑩彩虹，像是被磁鐵牽引般進入了聖典的書頁中。

「找到光之碎片了。」小紅帽說。

「不！」紅心皇后踹了一名撲克士兵一腳，將對方踢倒在地。「不公平，我要求和愛麗絲來一盤『命定的棋局』，誰贏得西洋棋，誰就註定當皇后。等我拿回皇冠，一定要砍掉妳們全部人的頭！」

歐若拉雙手一攤，對紅心皇后說道：「可以啊，反正妳輸定了，愛麗絲擁有瘋帽客和撲克士兵的支持，妳呢，既沒有卒子有沒有國王。」

眼見眾叛親離，紅心皇后一步步向後退，同時一邊奸笑……

「呵呵，妳們這些傻瓜，根本不曉得自己在對抗什麼。桃樂絲應該最清楚這種感覺，說說看，妳是不是老覺得腦子糊里糊塗？我們已經盯上妳們了。

「哼，紅心城堡就讓給妳們吧，反正她承諾給我更好的領地、更大的城堡，到時候，整個奧茲大陸都會是我的棋盤，哈哈哈！」

伴隨著一陣顛狂的笑聲，紅心皇后猛然轉身，倏地消失在一片青色的煙幕中，留下面面相覷的眾人。

「可惡。」桃樂絲追上去，球棒卻揮棒落空。

直到許久以後，霧氣和惱人的沉默散開，小紅帽才語重心長地說道：「從現在開始我們必須更小心，一定會有更多殺戮。」

還記得那一天，巨大的蛋糕從天而降。
甜點星的大軍入侵了童話世界。
哈哈哈！
咚！
顫慄吧！哭泣吧！渺小的人啊！
從今以後妳們就是甜點星人的奴隸了！
妳……
妳……妳幹嘛？
為什麼……一直用這種噁心的眼神看著我？
幾個小時後甜點星人的大軍
全滅

第六章　靛色，蔓延的慾念

人魚公主

海之國（亞特蘭提斯）的公主，擁有高強魔法的大姊姊，腦中淨想些不正經的事，常用自身肉體色誘敵人且非常以此為樂。一般時候說話正常有智慧，但常在談話過程中開些黃腔調戲旁人，或自己腦補些奇怪的情節。當想像過頭，還會出現色色的表情。靛色長髮，用髮簪盤好繫在頭上，略微下垂的眼神溫柔嫵媚，右眼下有一顆美人痣。

「我啊，在紅心城堡內擔任女僕，我最大的收穫是熟知所有隱密路徑。」愛麗絲一路蹦蹦跳跳，引領眾人往花園深處走去。

此際，愛麗絲的滿頭藍髮與金紅色的冠冕交織在一起，彷若閃爍熠熠光輝的海面襯托熊熊落日，她抬頭挺胸，似乎連走路的姿態都多了幾分自信。

愛麗絲幾乎是立刻贏得人民愛戴，從前紅心皇后實在太惡劣了，對僕人動輒打罵，反觀愛麗絲，具有豐富的同情心和不按牌理出牌的個性，尤其她一上任便拋棄了舊日約定成俗的惡習，取消槌球活動，釋放紅鶴和刺蝟，證明自己勝任城主、統治城堡的能力。

歐若拉更加確信自己走在正確的道路上，做了正確的事。

三名女孩並肩而行，沿途吱吱喳喳，像聒噪的鳥兒般討論起分別後的際遇。

小紅帽跟城堡內的女僕混了一陣子，得到不少情報。「我打聽到常與紅心皇后往來的幾位黑女巫，據說她們一共有八個人，除了大家都聽說過的東、西、南、北四國女巫以外，還有紅心皇后、海女巫烏娜和黑天鵝克勞蒂亞。」

歐若拉邊聽邊掰著指頭計算，道：「妳少說一人的名字。」

「第八個黑女巫像一道黑影一樣，來無影去無蹤，也從不報上名號，女傭們說沒有人見過她的真面目。」小紅帽回答。

「縱使我一個人能抵十個人，但邪惡力量未免聲勢太過浩大，我們怎麼打得贏？」桃樂絲悲嘆。

「別忘了還有被封印的三位白女巫啊，封印解除後，戰況將大大逆轉。」小紅帽提醒。

「那也得把光之碎片收集完整啊，別忘了我們沒能在機械城找到碎片。」桃樂絲說。

「喂，妳到底在替聖典傷心難過，還是為自己唉聲嘆氣？我老覺得妳有弦外之音。」小紅帽拍拍桃樂絲的肩。

「別這樣嘛，我們一定會挖出妳身分的真相，拼湊出缺失的那一塊。」歐若拉也跟著安慰。

「好啦好啦，我就不影響各位的士氣了，不過我倒是聽說過東、西、南、北四國女巫喔。」桃樂絲話鋒一轉。

「說說看。」

在其他人的鼓勵之下，桃樂絲侃侃而談起來——

「東國女巫梅西原本住在森林裡，她因故和附近城堡的主人有了嫌隙，所以詛咒了整座城池，讓所有居民陷入沉睡，自己則佔地為王。

「西國女巫賈桂琳熱愛吃小孩，有傳聞說她會在森林裡以魔法變出糖果和餅乾打造的屋子，引誘無知的孩童接近，然後抓起來養胖了吃。

「南國女巫葛琳達本來是個好女巫，對周遭的百姓也很友善，可是不知道為什麼，後來卻被拉攏進入黑女巫的幫派。

「北國女巫妳們都見過了，就是把桑席鎖在高塔上的葛索，所有關於北國女巫的傳言都謾罵她是個壞心眼的瘋婆子。」

「再同意不過了。」歐若拉點頭附和，一想起那個瘋言瘋語的黑女巫葛索，便讓她膽顫心驚。

「知己知彼，百戰百勝。佩服我吧？」小紅帽自誇。

「不是只有妳趁機探聽消息，嘿嘿，我也帶了一份紀念品唷。」說著，桃樂絲從懷裡掏出一隻生悶氣的小白兔，雙手握著兔耳朵。

「妳肚子餓？想吃燉兔肉？」小紅帽挑眉。

「牠的樣子好眼熟，咦，不就是帶我們進入樹洞的那隻白兔？」歐若拉說。

「還是歐若拉厲害，沒錯，這傢伙是信差，認識奧茲大陸上的每個人和每條道路。帶著牠肯定很有用處，我告訴牠，要是敢逃跑，就算追到天涯海角，我也會把牠逮回來宰了吃。」語畢，桃樂絲又把兔子塞回胸口。

「真有妳的，對人家好一點啊。」小紅帽忍俊不住。

「會啦，我一定會幫牠找來新鮮的萵苣和胡蘿蔔。」桃樂絲說。

閒聊結束以後，歐若拉的注意力回到那位不知名的黑女巫身上。

她想，自己熟讀童話故事，若是曉得對手的身分還好辦，只要按照故事中角色的弱點，一一予以擊破即可。例如紅心皇后在乎的是權位，拔了她的權勢，就等於摧毀了她的重心，而瘋帽客則要順著毛摸。

然而，隱匿身分的黑女巫究竟是哪個故事中的人物呢？

心事堵在歐若拉的胸口，疑慮好比一個死結，緊咬住她的心弦。

下一秒，愛麗絲驀地停步。「到囉！」

玫瑰紅色的磚頭砌成前方心型的噴泉池，整個池子大約有十人張開雙臂圍起來那麼寬，水池中央有一尊人魚塑像，肩上扛著一只橫倒的心型水瓶，清澈的泉水正源源不絕地從瓶口流洩而出，於池中濺起水花，沖散了水面倒映出的湛藍晴空與潔白雲絮。

奇怪的是，無論歐若拉怎麼凝神細看，似乎都看不清噴泉池的池底，她不確定究竟是漣漪擾亂了視線，還是池子正下方連接的是個無底洞。

「妳們的下一站是海洋國度對吧？」愛麗絲臉上掛著神祕微笑，朝噴泉比了比。「入口到了。」

小紅帽蹙眉，眼裡浮現不確定。

「我們的確是打算拜訪美人魚公主愛琳，不過妳說噴泉是入口？別逗了。」小紅帽搖搖頭，轉向歐若拉問道：「妳說呢？」

「在經歷過變大變小、飛天遁地以後，我會說任何事情都有可能。」歐若拉傾身接近水面用力一聞，果然嗅到了海水的鹹味自泉中滿溢而出。

「可是我不想弄濕身體。」小紅帽摸摸自己的狼耳。「白精靈應該也不喜歡吧？」

「是嗎？白精靈？」桃樂絲伸出食指，戳弄自己的頭頂。

白精靈以一聲悶哼和一記巴掌代替回答。

「妳們倆真難伺候，等到上岸再抖一抖就好了嘛。」桃樂絲模仿動物甩動毛髮。

「我又不是狗。」小紅帽瞪她一眼。

「這是捷徑，倘若妳們要乘船也是可以，但是得耗費一個月的航程喔。」愛麗絲好心提醒：「如何，要進去嗎？」

小紅帽一聽，兩隻狼耳沮喪地下垂。「唉，也只能捨命陪君子了。」

桃樂絲則鼓勵性地摸摸小紅帽的頭。

隨後，愛麗絲雙手一拍，女僕見狀立刻端著擺滿藥水瓶的碟子上前一步。

「奧茲世界中有許多貫穿各地的神祕通道，幸好我知道其中一兩個。但是，進入海洋國度必須先飲下藥水。」愛麗絲表示。

「藥水有什麼用途？」小紅帽問。

「我不清楚，只知道紅心皇后每回前往海洋國度以前，都會先喝藥水，但是我自己不曾試過。」愛麗絲老實回答。

「不喝會怎樣？」小紅帽又問。

「妳太多疑囉。」桃樂絲取笑她。

「當然要弄清楚，我才不像妳傻呼呼的橫衝直撞呢。」小紅帽頂了回去。

愛麗絲解釋：「想想看，尋常人突然出現在深海的海底，會有多尷尬？」

歐若拉打了個寒顫，是啊，龐大的水壓、有限的空氣、流逝的體溫、劇毒的魚類、刺眼的鹽份……各種致命危險都有可能把她們害死。

「呃，好像也沒有別的選擇了。」桃樂絲一把攫起藥水。「希望能變出防護罩。」

正要打開瓶蓋，愛麗絲卻按住她的掌心，道：「不多不少，一口就好。」

桃樂絲痛飲一口，皺著鼻子抱怨：「難喝死了，要我多喝幾口我也辦不到。」語畢還細心地也給兔子餵了一嘴。

接下來換歐若拉，她捏著鼻子喝下藥水，拼命把又苦又辣的難喝藥劑沖下喉頭。最後才是苦著臉不情不願的小紅帽和白精靈。

「現在呢？」話才到嘴邊，歐若拉突然感到頭暈目眩，天空開始崩解，地板也從腳邊滑開。

然後，她們便一個接著一個，像沙包一樣讓人扔進了噴泉池裡。

歐若拉宛如被丟進一個攪拌不停的湯鍋，亂糟糟的水流衝擊著她，能見度非常糟糕，漂流的海草、成串氣泡、疑似魚類的東西和許多不明物體全都繞著她旋轉，在她還沒能看清楚前晃眼而過。

她像魚一樣雙眼圓睜，不願輕易眨眼，深怕錯過了另外兩個女孩的身影。她還拚命舞動四肢想要划水，可是，肌膚卻感覺不到海水的冰冷刺痛，反而像空氣一樣溫暖。

最弔詭的是，都浸在水裡好幾分鐘了，歐若拉居然沒有淹死。

「小紅帽？桃樂絲？」心一急，歐若拉失聲喊道。

而且她還能在水裡正常說話……

此時前方有了動靜，歐若拉腰際的聖典開始躁動，雖然看不見是什麼，她卻異常鮮明地感受到了來者殺氣騰騰。

不過半個心跳的時間，歐若拉便看清了把海水攪得混濁不堪的來源：一隻擁有鯊魚般血盆大嘴、蜈蚣般節節身軀、狼牙棒般的長尾和好比蜥蜴背鰭的怪物，正在追逐一條紅髮綠眼的美人魚。

怪物擁有最重要的是牠有成排難以數計的眼睛以及六對健壯的長腿，奔跑起來足以撼動山河，游泳的速度也十分靈敏。

身材如此笨重，移動卻異常輕盈，那頭蜈蚣怪物全速衝刺，張牙舞爪的模樣彷若想將美人魚生吞活剝。

美人魚渾身發抖，隨便折下了一段珊瑚礁準備做垂死掙扎。

「嘎！」蜈蚣怪物尖叫著吐出分岔的長舌。

美人魚揮出珊瑚礁，那疲軟的東西根本不堪一擊，蜈蚣怪物張嘴就咬，滿嘴刀尖般的利齒立刻將脆弱的珊瑚礁咬個粉碎。

四周的魚群全都識相地躲起來了，美人魚只好拼命繞著一座海底礁岩打轉，躲避的過程中又被怪物的尾巴掃到，身上多了幾處傷口。

「嘎！」蜈蚣怪物索性衝撞礁石。

剎那間飛砂走石形成一片灰濛濛的霧霾，藏身其中的小魚被嚇得竄逃四散。蜈蚣怪物一個旋身，再度準備衝刺——

說時遲那時快，歐若拉火速抽出光之劍，擋下怪物的襲擊。

「讓我來，受死吧！」桃樂絲像一陣風似地霍然現身。

小紅帽則趕至美人魚身邊查看傷勢。

「很高興見到妳們，姊妹。」歐若拉開心地說。

「我還在納悶妳上哪兒去了呢，原來在這裡練拳頭啊。怎麼不通知一聲？我最愛打不怕的沙包啦。」桃樂絲狡笑。

歐若拉與桃樂絲同心協力圍攻怪物，光劍劈砍、球棒揮擊，祭出輪番上陣的作戰策略，以十足的默契相互搭配，令怪物氣勢大減，被逼得節節敗退。

打鬥來得快也去得快，在怪物的哀鳴聲中，光之劍砍下了牠的腦袋，霎時間黑霧籠罩，等到煙消雲散，怪物的遺體也消失無蹤。

「妳沒事吧？」小紅帽關切地問。

紅髮美人魚搖搖頭。「沒有大礙。謝謝妳們幫我解圍。」

歐若拉迎上前去，問道：「美人魚，妳是愛琳公主嗎？」

「不是，我叫做安妮。」美人魚說。

在簡短的自我介紹後，雙方交換了情報，歐若拉把奧茲大陸的新聞告訴安妮，安妮則對女孩們細數永無島的現況。

安妮說，一個叫做「永無島」的地方，住著一群永遠不會長大的孩子，目前，孩子們的首領「彼得潘」離開島嶼，前往奧茲大陸尋找失蹤的兒童們。

小紅帽映證了安妮的說詞，她說奧茲王正四處捉拿少年，準備訓練成士兵參戰；另一方面，奧茲王的死對頭黑女巫為了阻撓他，也正在建立自己的大軍，歐若拉的弟弟朱拉也是在差不多的時間遭到綁架。

「彼得潘這個名字好耳熟哇，不就是白精靈心心念念的主人嗎？」桃樂絲插嘴。

「說到這個，白精靈人呢？」歐若拉心頭一凜。

「該死，我都忘了那個麻煩的傢伙了。」桃樂絲一拍額頭，說道：「難怪從抵達海洋國度以後，我就覺得特別安靜。」

「等會兒我們沿著原路回頭找看看好了。」小紅帽說。

「咦，妳們看，那是什麼？」歐若拉指向安妮胸口。

只見一把雙尾匕首自安妮胸前的皮膚下方緩緩浮現，她握住刀柄，將刀刃向外抽出，魚尾隨即幻化為踩踏在海底的雙腳。

腰際聖典再次蠢蠢欲動，歐若拉的眉心抽痛，感覺光之劍正對著她大吼大叫，要她小心提防。

歐若拉想起《人魚公主》的童話故事，直覺認為那把匕首來頭不小。

「我讀過人魚匕首的故事，據說殺死愛人以後，用對方的血塗抹雙腳，就能讓人魚變成人形。」歐若拉說。

「真是不祥。」桃樂絲評論。

「歐若拉，妳剛剛說故事的時候，匕首好像亮了一下。」小紅帽瞇起眼。

說時遲那時快，一陣強光照亮眾人的雙眼。

「啊，好亮！」桃樂絲嚷道。

眨眼間，安妮竟像是變了一個人似的，她緩緩舉起匕首，露出詭異的微笑，兩隻瞳孔轉為深夜一般的墨黑，然後開始咧嘴大笑。

「怎麼搞的？大家後退！」小紅帽嚷道。

「哈哈哈……」瘋狂的笑聲不像來自安妮的喉頭，反倒更像來自地獄。

聖典在歐若拉的皮帶上瘋狂震動，像是再也無法忍受與匕首共處，直覺要她儘速抽出光之劍。歐若拉唰地提起劍柄，劍身綻放的七彩光芒頓時照亮了整個海底，世界彷彿甦醒過來。

一道七彩流光自聖典竄出，光影攀上劍刃，在劍尖鍍上一層金光，最後分解為成千上萬的光點，將安妮包覆在內，如同一枚蝶蛹。安妮隨即不省人事。

「老天，剛剛發生什麼事了？」桃樂絲驚呼。

「我覺得那把匕首大有問題，八成是受到詛咒。」歐若拉說。

三個女孩愁容滿面地圍繞在暈倒的美人魚身邊，小紅帽不時伸手探向她的鼻息，因為她那失去血色的面容和死了幾乎沒有兩樣。

度過恍如隔世的漫長時光以後，女孩們終於見到安妮的手指動了動，緩緩撐開眼皮。

「我昏倒了嗎？」安妮悠悠轉醒。

三個女孩交換了恐懼的眼神，誰都不願回想方才美人魚說變臉就變臉的恐怖模樣。

「妳完全沒印象了嗎？」桃樂絲問。

蒼白的安妮搖搖頭，糾結的眉宇訴說著她的不適。

「妳剛剛好像被附身一樣，有點可怕。」歐若拉仍舊心有餘悸。「幸好光之劍驅逐了妳身上盤據的黑暗，真是有驚無險。安妮，我覺得這把匕首不適合收藏，它蘊含某種讓人害怕的奇怪力量，換作是我，絕不會想要和它獨處。」

「這是黑暗女巫的東西，建議妳最好將它丟掉。」小紅帽不客氣地指出。

安妮虛弱的面容再度蒙上陰影。「雖然妳們這麼說，可是我想保留匕首再久一點的時間，直到弄清楚它的來歷。」

「這……」

「好吧，我們也不能夠勉強妳，但是假使妳夠聰明，應該知道那把匕首的力量有點不受控吧，玩弄危險是要付出代價的唷。」小紅帽提醒。

「謝謝妳們的忠告，我自有打算。」安妮執拗地回答。「我也該離開了。」

望著安妮逐漸遠去的背影，一股濃濃的不祥預感在歐若拉胸口擴散，那對墨黑的瞳仁始終揮之不去，讓她心神不寧。

小紅帽低聲說道：「真的好奇怪呀，我所知道的任何巫術，都不可能讓一個正常人喪失神智。這是一個警訊，告訴我們邪惡的力量愈來愈強大了。」

「會不會是奧茲王搞的鬼？聽說他擅長魔術，還有一個很厲害的魔法兵團長給他撐腰。」桃樂絲說。

「奧茲王如果有這種能耐，應該用在戰場上的敵人身上，何必用在鞭長莫及的地方？讓世界更添混亂？」小紅帽忖度。

「是黑女巫吧？她們不斷製造混亂，尤其那第八個不知名的黑女巫，更是讓我覺得困擾。」歐若拉回答。

「嗯，我總覺得有某種比黑女巫更強大的力量，在背後運籌帷幄。」小紅帽以只有自己聽得見的音量說道。

「白精靈？妳在哪裡？」三個女孩沿途呼喊。

「會不會是被當作小魚，讓大魚一口吃掉了？」桃樂絲蹙眉。

「別烏鴉嘴。」小紅帽輕聲斥責。

四周寂靜無聲，讓人很不習慣，彷彿暴風雨前的詭異寧靜在眾人之間徘徊。她們不敢掉以輕心，更加積極尋找白精靈的蹤跡，也叫喊得更大聲了。

忽然，一群受到驚嚇的鯡魚迎面而來，只見難以數計的魚群組合成一道銀白色的移動牆面，遮蔽了眾人的視線，更以強烈的水流掀起一陣旋風。
歐若拉舉起手來，撥開眼前無數細微的泡沫。
一切都發生在一瞬之間，歐若拉感覺周圍壓力驟升，魚群擠壓著她，她彷彿被塞進廚娘的玻璃罐內，就要被製造成鹽漬沙丁魚。
「可惡，是魚網！」小紅帽率先發難。
桃樂絲還來不及移動球棒，雙手便被迅速束緊的網子　縛住，再也動彈不得。
另外兩人也以怪異的姿態被捲進魚網裡，歐若拉的雙手交疊，臉貼著小紅帽的髮際，一條腿屈膝頂著胸口，另外一條則抵著桃樂絲的身側。
在龐大力量的牽引下，魚網緩緩向上拉扯，不消片刻，三個女孩懸吊在半空之中，來回擺盪。
「又逮到幾個啦。」男人粗聲笑道。
眨去眼裡的海水以後，歐若拉先是看到甲板上那名渾身刺青的大塊頭男人，然後才注意到她們身處於一艘懸掛骷髏旗幟的船隻。
「老天，是不折不扣的海盜船。」歐若拉呢喃。
男人蓄著雜亂的大鬍子，上半身打赤膊，壯碩的胸肌和精實的腹肌繪出了粗獷養眼的線條，貼和的褲管則緊緊包覆住男人的下半身。

他的右手握著一把貨真價實的火槍，散發出火藥特有的煙硝味。而他的左手又比右手更引人注目：從他的手腕延伸出去的不是手掌，而是一副綻放森寒光芒的金屬鉤。

「虎克船長？」歐若拉眨眨眼睛。

她不明白自己是如何誤上賊船的？然而，桃樂絲的吶喊中斷了歐若拉的思緒。

「白精靈？」桃樂絲大吼。

歐若拉這才意識到海盜船上除了虎克船長還有別人，幾公尺以外，白精靈被關在一座隨意擱置甲板的生鏽鳥籠裡，雙手無助地握著鳥籠柵欄，整個人似乎縮得更小了。

「愛說謊的小騙子，妳還說妳是自己單獨一人？」虎克船長懶洋洋地伸展背部，槍桿擱在肩上，挑眉質問精靈。

白精靈展翅來回衝撞鳥籠，以拔高尖銳的音調回罵：「混帳東西，快放我出去，然後把彼得潘還給我！」

「安靜啦，笨精靈。」虎克船長嘿嘿一笑，故意用槍柄撞倒鳥籠。

籠子連同白精靈頓時滾落甲板，當鳥籠撞上船緣，白精靈慘叫一聲，薄如絲綢的羽翼也給拗彎了。

「白精靈！」桃樂絲猝然一震。

小紅帽按捺怒氣，冷靜地問道：「海盜，你抓我們做什麼？」

虎克船長閒散地晃至魚網前方，打量起他的漁獲。他搔搔鬍子，不時以槍柄戳戳網子，神情看起來相當愉快，像是賞玩著新入手的戰利品。「猜猜看。」

「不知道，我們跟你無冤無仇。」歐若拉說。

「我啊，非常喜歡女人。雖然妳們幾個還只是小女孩，不過長得算漂亮，我可以教妳們怎麼成為女人。」虎克船長拱起二頭肌，展示他傲人的身材。「看看我雄偉的肌肉，從來沒有女人能拒絕我的費洛蒙。」

「真噁心，沒必要。」小紅帽啐了一口。

「拒絕我？可以啊，反正妳們還有別的選擇。我從來不勾搭對我沒興趣的美女，乾脆把妳們送給奧茲王當士兵好了。」虎克船長會心一笑。

「小紅帽，快想想辦法割破魚網啊！我可不想去當兵。」桃樂絲慌張地說。

「我的手被壓住了，沒辦法動。」小紅帽推擠前方，惹來歐若拉頻頻喊痛。

歐若拉試圖以手指碰觸聖典，她挪動了一吋，光之劍的劍柄在書頁間隱約浮動，可是，當她想要再靠近一些，卻無論如何都動彈不得。

聖典也在期待，光之劍一閃一爍。

「原來是女巫呀。」虎克船長雙眼發亮，他舉起嵌著銀鉤的左手，邪邪地笑了笑。「奧茲王最痛恨女巫了，讓我割開妳們的衣服好好檢查一下，看有沒有巫術的印記？」

女孩們驚慌失措地掙扎起來，她們彼此推擠，想要摸索武器，卻只讓魚網像鐘擺一樣晃動得更厲害。

「滾開！」桃樂絲吼叫。

虎克船長一步步逼近，嘴角藏不住笑意。

海面上突然響起悅耳的歌聲，像是飄渺的霧氣。

「誰？」小紅帽豎起狼耳。

是女人的聲音，曲調如泣如訴，吟唱聲於海面低迴，若即若離，忽遠忽近。

歐若拉側耳傾聽，歌詞講述一個愛上非我族類的女子，奮不顧身追求愛情最後卻落得粉身碎骨下場的故事。聽著聽著，歐若拉感到鼻頭一酸，彷彿切身體會到失戀的揪心。

那媚惑人心的歌聲引誘著水手躍入海中，尋找愛人的芳蹤。

歐若拉用力咬下舌頭，以疼痛驅逐魔法，因為，若非被困在魚網之中，歐若拉也想投身海面，以死一親芳澤，而那個念頭嚇壞了她。

歌聲暫歇，一尾美得驚人的人魚浮出水面，美人魚在粼粼波光中就好似一枚閃閃發亮的大珍珠，讓人無法挪開視線。她漂動的深藍色長髮與大海同樣神祕莫測，髮間裝飾貝殼，一雙深邃迷濛的大眼顧盼自若，歐若拉懷疑若是仔細凝望，便能在裡頭看見潮汐和波濤。

「我就知道妳會回頭。」虎克船長信步走向船頭，俯視規律拍打船身的海浪，深情款款地說道。

「一天到晚在我的地盤興風作浪，你鬧夠了沒？」美人魚怒道。

今天本該是平靜的一天。

愛琳打算早上先游個晨泳，維持她完美無瑕的曲線。中午保養她的魚鱗，在尾巴上塗抹一層最高檔的鯨魚脂肪，讓她引以為傲的鱗片常保晶瑩光澤，比海底古沉船中的琉璃藝品還要透亮。晚上則在星光下沐浴練唱，吊吊嗓子，才不致於荒廢了美人魚世代相傳、蠱惑人心的歌聲。

結果，計畫只進行到中午就宣告失敗，因為她碰上了她的死對頭，同時也是她的前男友……

距離和王子分別已經過了十年，愛琳還記得那個暴風雨的夜裡，初次邂逅那位讓她一見傾心的男人。最先吸引她的是那雙清亮眼眸，在白天裡像是太陽，勇敢而無畏；在夜晚中則好比高掛天空的星星，同時閃爍著溫柔與俏皮。

愛琳好想靠近他呀，他應該是個王子吧？但是他對待船員的方式，又是那麼謙恭有禮，完全沒有富家子弟那財大氣粗的得意。

他應該尚未婚配吧？依照他獨自出海無牽無掛的樣子，身旁沒有佳人陪伴，應當還是孤家寡人。

愛琳下定決心，無論付出什麼代價，都要嫁給她心目中的王子。她一直敢愛敢恨，於是找上童年玩伴海女巫烏娜，以在水中來去自如的尾巴和甜美的嗓音作為交換，換取一雙人類的腿，讓她能走向王子，成為他的同類。

愛琳當時沒能領悟，高處不勝寒，不管是太陽還是星星，都不是普通人能夠搆得到的。她更是萬萬沒想到，海女巫居然假扮為拯救王子倖免於難的女孩，親近王子並且成為他的新歡，進而排擠了愛琳的地位。

愛琳痛心地望著昔日好友，那眼神像是在說：「妳騙了我，妳幫我變出雙腳，卻利用我的聲音去接近我愛的男人？」

「我也喜歡他啊，在愛情裡，大家當然各憑本事。」烏娜辯解：「也許王子喜歡妳的歌聲，但是感謝不等於愛，他愛的是我的陪伴。」

分不清讓好友背叛比較痛，還是被男人拒絕比較傷，心灰意冷之餘，愛琳感到了無生趣。沒了聲音，她要如何唱歌給王子聽？展現幽默感說話逗王子笑？講甜言蜜語哄王子開心？

烏娜曾經是愛琳最好的朋友，在愛琳年少的時候，父王管得很嚴，對她們姊妹們有諸多要求，其中一條未成年不可浮出水面的禁令更像是一條帶有棘刺的束帶，緊緊勒住愛琳的好奇心。

那時的她天真傻氣又熱愛冒險，對海面上的景致懷抱憧憬，而姊姊們都很乖巧，對比之下，更是彰顯了愛琳的不守本分，讓她倍感孤單。

是烏娜帶著她偷偷溜出城堡，探索未知的海域，也是烏娜教導她男人與女人的不同，開啟了她旺盛的求知慾。愛琳和烏娜形影不離，一個是公主，一個是女巫，卻能巧妙結合特權和魔法，過著歡快自由的生活。

曾幾何時，個性契合的兩人在對男人的品味上也愈來愈接近，導致愛上同一個對象的慘烈結局……

「這根本是一場精心策劃的騙局，邪惡的海女巫老早就覬覦父王的寶座了。」那一夜，姊姊們帶來一把古銅金色的匕首，告訴愛琳只要刺死王子，再以王子的鮮血塗抹雙腳，便能變回人魚，重返深海中的家鄉。

愛琳感到既羞愧又心痛，羞愧的是她從前根本不把姊姊們當一回事，心痛的則是必須殺死摯愛的王子，她實在下不了手。

天人交戰之下，愛琳懷抱贖罪的心情，選擇把匕首埋入自己的心窩，沒想到她卻在白女巫的魔法中幻化為泡沫，然後在曙光中重新變成人魚，撿回了一條命。

故事並沒有到此結束，對王子而言，一紙門當戶對的婚約才是鞏固國土的保證，所以，烏娜或愛琳都不可能成為他的結婚對象。在王子與鄰國公主結婚後，烏娜自然而然也失寵了，她黯然離開城堡，回到大海深處，從此與愛琳老死不相往來。

愛琳以淚洗面了好一陣子，才重新振作出門約會，她的其中一個約會對象，便是虎克船長。

這個男人令愛琳十分迷惘，他實在很討人厭，講起話來下流無恥；可是他也確實深情，縱使每次見面都潑他冷水，仍澆不熄他的熱情。

虎克船長霸道、自戀、自以為有辦法呼風喚雨、不達目的絕不善罷甘休，和王子南轅北轍。

「真搞不懂，你一天到晚把船停泊在這裡，到底想要幹嘛？」愛琳問。

「引起妳的注意呀。」虎克船長嬉皮笑臉地回答：「別害羞嘛，是不是想念我雄偉的肌肉了呢？」

「大言不慚，」愛琳鄙夷地皺起嘴角，「你抓這些人類少女，跟我一點關係也沒有，我才不在意呢。」

「妳現在不就來了嗎？」

「那是因為妳們打擾到我的寧靜。」

虎克船長咧嘴一笑，道：「好啦，說老實話，我逮住她們，目的是要獻給奧茲王，充實他的軍隊。奧茲王承諾要把彼得潘趕出永無島，讓我全權管轄島嶼，他還說會送給我一隊編制一千人的艦隊呢。親愛的，我一直想成就一番大事業，然後風風光光地迎娶妳。」

甲板上一個傾倒的鳥籠裡，一隻小動物氣得猛踹籠門。

「那是隻精靈嗎？」愛琳問。

「沒錯，猜猜我抓到誰了？哈，是我的死對頭彼得潘最愛的小精靈呢。」虎克船長大笑。

「真不要臉耶，欺負一隻精靈？如果你那麼有辦法，就幫我打敗烏娜，解放我的父王和姊妹，奪回我家族世代相傳的城堡！」愛琳說。

「那也得等艦隊到手呀。」虎克船長回答。

「沒用的傢伙。」愛琳瞪他一眼，轉身準備離去。「唉，老天哪，只要有勇士幫我趕走海女巫，我願意付出所有。」

「真的？」魚網內的女孩們說話了。「包括光之碎片嗎？」

虎克船長方才端詳歐若拉等人的目光非常熱烈，非常非常熱烈，美女當前，他的眼睛像是要噴出火來。

但直到此時此刻，他望著愛琳公主的雙眼才流露出真正的渴求。

在愛琳公主的求情下，虎克船長勉強同意卸下魚網，釋放三位無辜的「勇士」們。桃樂絲趕忙把白精靈放出鳥籠，小心翼翼地放回頭頂上。

「嘖嘖，翅膀都壞了。」桃樂絲舉起拳頭，憤憤地瞪著虎克船長。

「先別動怒，還有更重要的事情。」小紅帽制止桃樂絲繼續發脾氣，她問愛琳：「海女巫佔領了妳的城堡，還囚禁了妳的家人？」

「對，事到如今，我才明白父王和姊姊們對我用心良苦。」愛琳落寞地垂下眼睫。

歐若拉對小紅帽意味深長地點點頭，小紅帽說道：「我們幫妳的忙，妳就願意拿光之碎片作為報酬？」

「沒錯。」愛琳篤定地回答。

虎克船長噗哧笑出聲來，他挺起胸膛，輕蔑地說道：「光憑妳們幾個，不可能打贏烏娜的啦。」

「別瞧不起人，妳知道歐若拉是誰嗎？她可是在黑之月事件中，打敗黑女巫那把光之劍繼承人呢！」桃樂絲嚷道。

「巫術，我呸。肌耐力和實力才是最可靠的。」虎克船長不屑地折起手指，把指節掰得喀喀作響。「隨便什麼劍啦，海女巫有八條手臂耶，妳們有八把劍嗎？」

「真那麼厲害？」

「不然怎麼打敗一票美人魚，囚禁貴族，霸地為王？」

小紅帽的眼珠骨碌碌地轉，立刻想到了辦法。「我們三個的力量的確有限，但若是加上你，還有海洋國度中愛琳公主的支持者，成功機率將大為提高。」

愛琳滿懷希望地注視著她的前男友。

「別算我一份。」虎克船長說。

「為什麼？」愛琳驚呼。

虎克船長面露難色，道：「妳很聰明，但我也不笨，我可不要在真正的大戰爆發前浪費力氣。奧茲王告訴我，大戰隨時隨地都有可能展開，我需要養精蓄銳，才能在關鍵時刻發揮作用。」

「既然奧茲王痛恨黑女巫，說不定會想和我們合作？」小紅帽提議。

「妳錯了，奧茲王痛恨的是所有女巫，泛指妳們所有人。我放妳們走，完全是看在愛琳的面子上。」虎克船長回答。

「唉呀，真是太可惜了，竟然隨便放棄英雄救美的機會，虧你還口口聲聲說愛她呢，難道你不想博得愛琳公主的好感？」小紅帽挑起單側眉毛。

「想歸想，但海盜最講究的便是兄弟情誼，我不能背叛奧茲王。」虎克船長訕訕地說。
「這樣好了，你幫我們，愛琳就嫁給你，讓你當人魚女婿。」桃樂絲乾脆這麼說。
「才不要，我可沒有答應。」愛琳趕緊撇過頭去。
「幹嘛不要？他那麼喜歡妳。」桃樂絲說。
人魚公主悠悠地嘆了口氣，道：「妳懂愛情嗎？妳談過戀愛嗎？愛是勉強不來的。」
「我到底哪裡不好？女人都愛死了我的大肌肌。」虎克船長不滿地抗議。
愛琳和虎克船長相互瞪視，女孩們則面面相覷，不曉得該怎麼辦。談判陷入僵局，尷尬的沉默無限延展。
歐若拉要求自己冷靜下來，仔細回想故事中「虎克船長」這個角色，她評估對方的想法和狀態，仔細盤算如何才能達到目的。
然後，她想出了一個絕妙點子。
「這樣吧，你給我們一些能打敗海女巫的情報，身為奧茲王重視的『手下大將』，不可能對黑女巫一無所知吧。」歐若拉刻意強調其中幾個字，滿足虎克船長過度膨脹的自尊。「敵人的敵人就是朋友，黑女巫是我們雙方的共同敵人，我們打敗了黑女巫，不只你完全沒有損失，親愛的愛琳公主還會很開心，公主的家人也會很開心，還有，奧茲王一定也會超級高興。」

小紅帽也在一旁鼓吹：「別忘了當全家人都喜歡你，有了親友團的支持，你就成功一大半了。愛情事業兩得意，兩全其美耶！」

順水推舟的點子似乎打動了虎克船長，他想了想，傾身靠近女孩們，悄聲說道：「好吧，偷偷告訴妳們，我知道烏娜的弱點……」

「渺小的人類，竟斗膽和我挑戰？」烏娜的鼻孔噴氣。

打鬥持續幾十分鐘了，海女巫變身成為一隻半人半章魚的碩大海怪，盤據在一塊礁岩上，恣意翻攪著浪花，竭盡所能讓敵方步步為營的接近更辛苦，彷若矗立於海面上的女巨人。

對於愛琳的來訪，她似乎並不感到意外，當小紅帽的大剪刀刺向烏娜的心臟時，她還能夠哈哈大笑。

截至目前為止，女孩們仍屈居劣勢，只有小紅帽成功刺傷大海怪。另外兩人雖然費盡千辛萬苦才靠得夠近，卻也只是在烏娜身上留下幾道無關緊要的皮肉傷而已。

「我是殺不死的。」烏娜狂笑，更賣力攪動海水，只見海面上處處都是漩渦。

「喂，醜海怪，妳看清楚了，我朋友的光之劍可是專門收拾妳這種怪物的！」桃樂絲故意嚇唬黑女巫。

烏娜瑟縮了一下，隨即又恢復正常。

「光之劍又怎樣？」海女巫囂張地揮舞著她八條肥胖有力的觸手，彷彿揮舞著勝利的彩帶。「我們早準備好恭候大駕了，否則何必把那位長得和這女孩一模一樣的男孩送去給奧茲王當禮物呢？妳們想，奧茲王會怎麼處置這份厚禮？」

「借刀殺人？好過分哪！」桃樂絲罵道。

聽到這裡，歐若拉神情一僵，全身血管彷若凍結。

就在分神的剎那，烏娜橫掃觸手，歐若拉立刻像顆軟弱的球，被拋向幾公尺遠以外的水面，濺起無數水花。

「不要受她影響，她在玩弄心理戰術。」小紅帽高聲提醒。

「邪惡的無賴！」愛琳以海豚之姿，翻滾著衝出水面。「我今天一定要驅逐妳，釋放我的家人、歸還我的城堡！」

「哼，手下敗將，上次讓妳溜掉，這回我一定顧及昔日姊妹情誼，抓妳去和妳的家人作伴。」烏娜冷笑。

「妳還好意思說？枉費我曾經把妳當好姐妹！」

「少來，妳是人魚公主耶，我只是個小海怪，我早就厭倦妳那副高高在上自以為是的模樣了。」

烏娜和愛琳算起舊帳，兩人吵得不可開交，浪如雨下，濺得眾人滿頭滿臉，附近的浪濤似乎也更為洶湧了。

歐若拉心想，沒錯，就是這樣，一切都按照沙盤推演的步調在走。她深深吸入一口氣，逼自己重新振作，提起光之劍，奔向海女巫，在擺弄的觸手之間穿梭跳躍。

「故意跟我搶男人？」愛琳雙手叉腰，顯得氣憤不平。

「王子說他喜歡我，妳呢？王子跟妳說過什麼？」烏娜一邊試圖甩開攀在她身上的小紅帽和歐若拉，一邊笑岔了氣：「噢，差點忘了，那時候妳不能說話，王子自然也不會跟妳多說什麼。哈哈！」

海女巫沒能得意太久，因為半晌後，桃樂絲的球棒便重重擊向烏娜的第二顆心臟。緊接著，歐若拉的光之劍也砍進章魚的肉裡，劈向了第三顆。

海女巫顫聲吸氣，發出痛不欲生的哀號，瞬間像洩氣的皮球一般，縮小了一大半，變成一隻垂死無力的大章魚。

「妳們怎麼知道……」

「知道什麼？章魚有三顆心臟？」愛琳鬆了口氣，道：「呵呵，就是為了幫她們三個爭取時間，找到心臟的正確位置，不然我幹嘛浪費生命在這裡陪妳聊天？」

歐若拉扭轉劍刃，烏娜跟著慘叫一聲。

負傷的海女巫用最後一點力氣，奮力扭動身體，像是一條扭轉的毛巾，把歐若拉等三人甩出去。

「妳們以為打敗我就贏了嗎？我不過是個小角色，我的主子才不把妳們放在眼裡，黑暗之源早有因應方案啦！」烏娜重重喘息。

「黑暗……之源？」小紅帽眉頭深鎖。

「等著瞧吧。」伴隨斷續的笑聲，海女巫幻化為海面上消散的霧氣。

許久以後，海面終歸平靜，但烏娜詭異的笑聲似乎還盈耳不絕。

有一個海域，傳說中只要有好男人將劍丟入海中⋯
美麗的人魚公主就會現身。
您掉的是這把金色的劍？
還是銀色的劍？
可以誠實的回答
呃⋯我掉的只是一把普通的劍。
真是個誠實的好男人⋯讓我好好來獎勵你一下吧。
或不誠實的回答。
我掉的是一把金色的劍⋯
真是個壞孩子。看來有必要好好懲罰你喔。
不論是哪種答案，在公主滿意前，閣下是回不了家的喔。
救命啊⋯

第七章　紫色，張狂的高傲

誕生於百年難得一見的魔花之中，據說，魔花每分鐘都會綻放不同的花朵，開了又謝、謝了又開，必須跋山涉水歷盡千辛才能有幸目睹。正是這樣尊貴的出生讓拇指公主成為精靈王子的新娘，掌管精靈王國並握有光之力。

外表可愛甜美，全身衣著輕飄粉嫩，標準型的魔法系美少女。動作表演姿態可愛滿點，但個人超級自戀且自大。

前方裸露的片岩構成光禿禿的山頭，在那吋草不生的岩脈下方，礦坑口張大了嘴，讓一群扛著工具的礦工拖著疲累的步伐走出坑道，再邀請另外一批新人進去。

現在是交班的時刻，剛準備上工的人們卻好似辛勤勞動了一整天，精力早已完全榨乾，一個個垂頭喪氣，每一步都踩得極其吃力。

時間接近向晚，歐若拉、小紅帽和桃樂絲趴在懸崖上盯著礦坑已經個把小時了，底下那些衣著襤褸的人們看起來不像礦工，比較像普通百姓。他們的年齡遍及老少，有的已經老到幾乎走不動，有的卻和歐若拉等人年紀相仿，甚至有可能更年幼。

顯而易見，他們也不具備礦工的體格，有人擁有農夫終日在烈日下辛勤勞動的黝黑皮膚，有人擁有烘焙師傅的白皙雙手，還有的人一看就知道是神職人員，在踏入不見天日的洞口前拼命於胸前劃著十字。然而，他們卻通通被迫扛起鶴嘴鋤，像忙碌的鼴鼠般挖穿山脈，開鑿地道，替奧茲王掘出各種可供鍛造武器的金屬。

「王八蛋，奧茲王太可惡了。」桃樂絲唾罵。

提著金屬器具緩緩向前的交班隊伍是一條波光粼粼的冥河，礦工們的臉上有茫然，有挫敗，更多的則是空洞，好似行屍走肉般喪失了靈魂，只有生無可戀的人，才配擁有那種悲傷。

其中一名中年礦工在步入礦坑口前突然轉過頭來，他眷戀地往後方瞧了幾眼，不知道在看什麼，也許是和家人道別，也許是想把外界的一切盡收眼底。

真正撼動歐若拉的，是礦工回過頭去之後的眼神，那樣子像是在說：「孩子啊，對不起，爸爸再也回不來了。」

另外一種角色可就展現了迥異於工人的神氣姿態——機械兵。

礦坑口附近，每隔幾公尺便駐守了一個機械兵，它們渾身以金屬打造，配備歐若拉前所未聞的先進機槍和彈藥，混合了冷酷的防禦能力和火熱的攻擊力，像是人立而行的甲殼動物。

「糟糕，機械兵看來不好對付。」桃樂絲搔搔頭。

「還用妳說。」小紅帽回她。

機械兵完全顛覆了歐若拉的思考邏輯，她本以為自己的腦子在來到奧茲世界之初已經爆炸了，沒想到，眼前隨意走動、身穿重裝機甲、彷彿擁有自我意志的機械兵再度點燃她腦內的引信。

歐若拉終於明白奧茲王強迫人民採礦的用意。機械兵火力強大，又不會被魔法迷惑洗腦，是對付黑女巫的絕佳選擇，可惜苦了莫名其妙被捲入戰火的老百姓。

「我們有沒有可能為那些被抓去挖礦的可憐人做點什麼？」歐若拉愁眉不展。

「祈禱。」小紅帽答。

「別說狗屎的風涼話。」桃樂絲咬牙道：「我說我們衝下去突破重圍，宰多少個算多少，單憑我一個人，應該可以解決十個吧……」

「真是太聰明了，桃樂絲，妳怎麼那麼鬼靈精！」小紅帽白她一眼，實事求是地指出：「底下起碼有一百個機械兵，妳負責十個，另外九十個交給我和歐若拉？光靠我們三人，絕不可能瓦解機械兵的武裝，就算成功撤退，難道要我們缺了胳膊、跛著腿繼續趕路嗎？」

「這……」

「況且，釋放了這些百姓以後，士兵還是會把他們抓回來，在戰爭平息之前，黑女巫一天沒有被徹底消滅，奧茲王就會需要持續加強武裝。」小紅帽說。

「我就是氣不過嘛。」桃樂絲咕噥。

「也罷，小規模的解放只是枉然，治標不治本。」歐若拉不由得嘆氣。

儘管無奈，她們還是決定不要浪費力氣，尤其是折翼的白精靈急需治療，女孩們深怕延誤了醫治白精靈翅膀的黃金時間。於是，三人很快達成共識，匆匆收拾了包袱，背負著沉重好比鉛塊的罪惡感和無力感繼續上路。

遠遠看起來，她們蹣跚的背影與礦工們相似極了。

穿越一座隘口之後，女孩們手持羊皮紙按圖索驥，抵達一片潮溼多霧的原始雨林。空氣聞起來有泥巴味和露水味，就像滂沱大雨過後，孩童踩著雨鞋在泥濘中玩耍的氣息。蚊蟲肆無忌憚地飛掠歐若拉的髮稍，風中搖曳的樹枝鞭打她裸露的手臂，倘若森林也有個性，這座雨林必然是高高在上的長老階級。

根據桃樂絲的說法，這片廣褒樹海究竟在奧茲大陸上屹立了多久，就連最殘破的典籍也沒有記載，普通人只知道它的年紀難以估算，在魔法誕生之際，便與精靈一族共存。

她們在林間探索，瀰漫流動的霧氣讓雨林看起來更添年歲，每當微風輕拂，成千上萬的枝椏與樹藤便隨之擺動，樹葉沙沙作響，彼此竊竊私語，假使每片森林都擁有自己獨特的個性，歐若拉會說這片雨林非常聒噪，老是喋喋不休。

「這該死的精靈國度到底在哪兒啊？」桃樂絲揮去一隻蚊子，不耐煩地問道。

她們的下一站，也是最後一座守護著光之碎片的城池正是白精靈的家鄉——精靈國度。傳聞中精靈是魔法的生物，可以號令植物聽命，控制花期生長以及促進雨林繁茂；也可以馴服野生動物，以花瓣為衣裳、蜜蜂為士兵、飛鳥為座騎，小紅帽相信精靈公主必然有辦法醫好她的子民。

翻過佈滿青苔的岩石，跨過叢生的地衣與草蕨，一行人在漫山遍野深淺不一的綠色中苦苦找尋一座傳說中的城池，同時也是距離奧茲王統治的翡翠城最近的一處聚落。

然而，廣闊無垠的雨林中罕無人跡，別說城池了，走了半天，連隻小精靈也沒看見。

「奇怪，明明就在這兒附近啊。」歐若拉伸長了脖子，研究小紅帽手中的地圖。「要是知道精靈國度長什麼樣子就好了。」

「毫無概念。」小紅帽懊惱地抖動狼耳。「可惜白精靈病倒了，不然還能幫忙找路。」

白精靈在桃樂絲頭上昏睡著，這是好事。在美人魚公主愛琳遵照承諾，把與家人重逢時流下感動的「人魚之淚」光之碎片交付給歐若拉以後，還特別找來一些毒性很低、能麻痺止痛的魚毒，暫時緩解白精靈的痛楚。

日照漸漸西沉，慵懶的蜜色光線斜斜射進雨林，宣告著夜晚的來臨。

她們順著一條淺淺的溪流步行了一小段路，決定涉水過溪，到地勢較為平緩的河對岸去紮營。女孩們步步為營，踩著宛如打拋過後的光滑圓石小心前進，在雨林完全暗下以前，她們成功渡河，並在幾棵聳立的茄苳樹下清出一塊空地來。

等到歐若拉自林子裡捧回滿懷的柴薪，讓小紅帽於空地中央升起火堆時，夜幕已然降下。

女孩們分食沿途摘採的野果，撿來可食用的野菜，以剖開的椰子殼當做小鍋子煮雜菜湯，還把美人魚送給她們的扇貝烤來吃。

「這個味道不錯。」

「謝謝。」

長途跋涉是相當耗費體力的活動，即便食物樸實簡單，比不上受邀至城堡裡享用的豪華大餐，她們也都吃得津津有味。

桃樂絲放兔子去吃草，也摘下幾朵純白梔子花，掏出花蜜餵食負傷的白精靈。

八成是倦了也鬧夠了，白精靈意外地配合，張開嘴巴像隻乖巧的雛鳥般，一口一口吞嚥甜美的花蜜，不像以往抱怨花開得不夠漂亮，或是蜜不夠芬芳。

歐若拉咬了一口名為芭樂的水果，一邊咀嚼酸甜的果肉，一邊放任思緒自由自在地馳騁。在收集更多故事以後，聖典的力量也變得更為強大了，其存在感不容小覷，歐若拉彷彿能感受到聖典的脈動，以相應的節奏與自己的心跳一唱一喝。

聖典似乎還有驅逐怪物的奇效，能讓女孩們能不受侵犯打擾。

歐若拉總覺得，怪物感應到光明的魔法後便自動繞路而行，避免狹路相逢，彷彿邪惡和光明是磁鐵相斥的兩極。

「我一直在想，黑女巫抓走朱拉，目的大概是為了防止白女巫的封印被解除。」吃飽以後，歐若拉忽然說道。

「什麼意思？」

「朱拉是雙胞胎中比較強大的那一個，黑女巫一定是認為，把他和聖典還有光之劍分開，這樣最保險。」歐若拉說。

小紅帽不以為然地嗤笑兩聲，道：「對弟弟引以為傲是一回事，自卑又是另一回事。別看輕自己好嗎？我相信妳絕對有能力繼承聖典和光之劍。」

「就是嘛，不如讓我狠狠揍妳一頓，把妳打醒好了。」桃樂絲說。

歐若拉擠出一絲苦笑，以樹枝撥弄柴火，讓火苗燃燒得更旺。

「我煩惱的倒不是解除封印的問題。」小紅帽說。

「不然咧？」桃樂絲問。

小紅帽凝視搖擺的火舌，緩緩解釋道：「我介意的是黑女巫背後的主謀是誰？還記得嗎，烏娜誇口說她有個『主子』，紅心皇后則說有人承諾給她更大的領地和城堡。黑女巫們那副志得意滿的死樣子看了就討厭，那個『主子』到底是何方神聖？」

「會不會是第八個無名女巫？」歐若拉問。

「還是東、西、南、北四國女巫？」桃樂絲問。

小紅帽搖搖頭，繼續說道：「若是這樣也還好，我們都知道在黑之月事件事件中，對抗黑暗魔法的是三名白女巫，但是，似乎鮮少有人聽過黑暗魔法的來源。

「印象中，我外婆曾經說過有股邪惡的力量叫做『黑暗之源』，是白女巫們奮力抵抗的敵手。據說黑暗之源來自上古，比奧茲大陸更為蒼老，它的魔法超越人類所能夠掌控。」

歐若拉與桃樂絲聞言大吃一驚，她們首度耳聞這陌生的名詞，然而，光是聽小紅帽唸出那個陰森的字眼，便讓歐若拉全身寒毛直豎，雞皮疙瘩也肅然起敬。

「三個白女巫才勉強打贏一個黑暗之源？這麼重要的事，妳現在才說？」桃樂絲瞪大雙眼。

「我也是在海女巫提起時，才想起來的嘛。」小紅帽回答。

「煩死了，對手那麼危險，要是我們無法解除白女巫的封印，不就完蛋啦？我們連封印的地點在哪裡都毫無線索呢。」屈膝而坐的桃樂絲踢了一下，腳下塵土飛揚。

揚起的沙土差點兒撲滅了火堆，讓蒙上暮色的森林暗了一下，像是對未來的警示。歐若拉又打了個冷顫。

她的目標一直都相當明確：收集七枚光之碎片、救出朱拉，若是行有餘力，再順道解除白女巫的封印，讓白女巫和奧茲王談判達成協議，一同驅逐世界的害蟲黑女巫。

以上事項在歐若拉心目中的先後次序相當清楚，她不喜歡想得太遠、煩惱太多，但是，若找不到回家的路，註定要栽在這個世界裡頭，奧茲大陸上的和平與否顯然也與她息息相關，她不可能置身事外。

她抬頭仰望頭頂樹梢，目光穿透茂密的樹冠，依稀瞥見綿長無盡的黑夜中點綴著黯淡的星光，好比一個個距離遙遠的希望。

隨後，歐若拉再次撥弄柴火，火舌捲動，火光蹦跳，乾燥的木炭發出劈啪聲。明亮的火光照亮了她的瞳孔，也照亮了她的決心。

「我想，只能走一步算一步了。」歐若拉將自己的構想與計畫告訴其他人，語氣出奇地沉著。「剩下的也只能盡力而為，聽天由命。」

「歐若拉，妳變得不一樣了。」小紅帽與桃樂絲對看一眼。

「我們都不一樣了，不是嗎？」歐若拉答。

「是呀，這混帳世界是多麼扭曲啊。」桃樂絲搥了自己的大腿一下。

小紅帽笑出聲來，道：「各位，打起精神哪，已經得到五塊碎片了。」接著又轉頭對歐若拉說：「我相信妳馬上就能和弟弟團聚。」

「沒錯，我們要解除白女巫的封印，讓白女巫和奧茲王合作，放逐所有黑女巫，把繁榮與和平還給奧茲世界！」桃樂絲舉起右拳，大聲說道。

小紅帽跟著吆喝，營地頓時變得極為熱鬧，喧譁聲甚至驚動了附近的鳥，讓牠們倉皇逃離。

歐若拉的嘴角上揚，火光般溫暖的視線在她的夥伴臉上來回逡巡。「能一路走到現在，是大家一起努力的結果，感謝妳們。」

「別這樣肉麻，噁心死了。」歐若拉的一席話替桃樂絲的臉頰抹上顏色。

「別客氣。」小紅帽拍拍歐若拉的肩。

「說到這個，有些城主還真是難溝通耶，像那個貝兒啦，還有愛麗絲啦，就還滿講道理的。長髮公主桑席就很死腦筋，尤其美人魚愛琳，更是不知道她在想些什麼？」桃樂絲叨唸著。

「幸好愛琳雖然怕事，卻願意跟我們做交易。」小紅帽說。

「不曉得精靈公主又是個怎樣的人呢？」歐若拉歪著頭思忖。

從小到大，歐若拉聽過很多童話故事，其中關於精靈的也不少，像是《小精靈與鞋匠》以及《紡金線的女孩》。但是，她從來不曾耳聞「精靈公主」這號人物。

「沒聽說過。」小紅帽聳肩，接著話鋒一轉，說道：「對了，有個問題不知道該不該說……」

「說吧，別婆婆媽媽的。」桃樂絲擺擺手。

小紅帽挪動坐姿，略微不安地問道：「我們離翡翠城很近了，我一直有個憂慮，若是在找到朱拉時，我們沒能收集到七個光之碎片怎麼辦？」

桃樂絲一時沒聽懂，目光呆滯地眨眨眼睛。

「我的意思是說，聖典完全恢復力量之前，我們要是被迫和黑女巫正面對決，也得硬著頭皮上嗎？還是說先行迴避？」小紅帽問。

「呃，我從來沒想過這種可能。」桃樂絲搔搔頭。

「還是說，我們先以迂迴的方式應付敵人？例如──」小紅帽瞅了桃樂絲一眼。「──兵不厭詐，假裝投降？」

「不行！我絕對、絕對不投降。」桃樂絲執拗地嚷道。

「好，我再換個說法，假設翡翠城是個陷阱呢？又或者我們碰上最糟糕的情況，朱拉也被洗腦了，歐若拉必須和親弟弟正面對決？」小紅帽在眾人腦中投下震撼彈。

「媽呀……」桃樂絲為難地望著歐若拉。

「關於這一點，我連想都不敢想。」歐若拉苦著臉說。

也許是意識到像今晚這般平靜的日子所剩無幾了，女孩們把剩下的食物吃完，又再火堆旁坐了一會兒，享受彼此的陪伴。

即使折騰了多日的雙腿痠疼不堪，即使絲絲倦意襲來，滲透每一吋肌膚，精神彷彿想把身體給拖上床，仍然沒有人捨得道聲晚安。

然而，錯落層疊的蟲鳴宛若搖籃曲，火堆則驅走了寒意，舒適的溫度好似一條柔軟的被褥，很快地，睏倦如林間濃霧緩緩降下，空地上鼾聲四起，女孩們圍著火堆睡著了。

小紅帽趴在自己的膝蓋上打盹，桃樂絲把球棒擱在腳邊，依偎著小紅帽入睡。歐若拉則蜷縮成嬰兒的姿勢，把聖典擁入懷中，枕著自己的手臂，穩定起伏的心跳敲出規律呼吸的節奏。

在女孩們遊走於夢境的時光裡，附近的幾叢月光花和夜香木也開花了，潔白的花序緩緩綻放，釋放出陣陣沁人心脾的幽香，讓美夢更加清甜。

夢境好比泅泳，女孩們潛入各自的睡眠深處，在寧靜熟睡的海域中探索未知，漸漸遠離知覺的邊境，下沉、下沉，以致於一時失去了警覺。

她們忘了素來擔任哨兵的白精靈今晚無法守夜，所以，當一隻生了疣的蟾蜍循聲走近時，沒有一個人即時察覺。

「好漂亮的小姑娘啊。」蟾蜍舔舔嘴唇。

牠爛泥巴色的體表凹凸不平，而且體型特別龐大，每一道內含毒腺的疙瘩看起來都滿懷惡意。魔法與戰爭好比生長激素，日夜敦促之下，讓蟾蜍長大到好比一頭初生的小牛。

蟾蜍睜大渾圓黑眼，滿懷渴望地瞅著女孩兒們均勻起伏的胸膛，然後探出舌尖，一次又一次的，品嚐空氣中洋溢青春滋味的吐納，牠滿意地輕嘆一聲，簡直連口水都要流下來了。

「好棒！」蟾蜍擦拭嘴角。

隨後，蟾蜍來到小紅帽身邊，盯著她品頭論足，說道：「太多毛了。」

然後牠凝神端詳桃樂絲，搖頭又道：「比我還壯？可見肉太硬了。」

接著牠一蹦一跳，在歐若拉身旁停步，看了好一會兒後才愉快地咕噥一聲。「就這個吧。」

蟾蜍人立而起，伸出兩隻前肢，打算以新娘抱的姿態擄走牠中意的女孩。

就在牠冰涼的指尖碰觸到歐若拉的剎那，歐若拉懷裡的聖典有如心跳般搏動了一下，猛烈的力量迅速將歐若拉自夢境底端一把攫起。

「啊……」歐若拉慌張的尖叫聲吵醒了其他幾人。

睡意瞬間崩解，混亂夾雜喊叫驚動了整座空地。

一時之間，鳥飛，蟲不語，桃樂絲的辱罵和小紅帽的指令交織為憤怒的戰吼。

三個女孩反應很快，一下子便把蟾蜍給團團圍住，三把武器同時瞄準不速之客，連白精靈也恍恍惚惚地醒了。

「一隻蟾蜍怪物？」桃樂絲用力眨眼，以適應幽暗的視線。

「好像不是，」歐若拉蹙眉，劍尖指向蟾蜍胸口。「喂，你想幹嘛？」

蟾蜍表情無辜，雙手舉高擺出投降姿勢。「我只是想挑新娘呀。」

「什麼？」女孩們一愣。

白精靈坐起身來，揉揉眼睛，似是認出了眼前的動物，她以尖細卻疲憊的嗓音說道：

「老蟾蜍，事隔多年，你還沒找到老婆呀？」

「還沒啊，我最鍾意的就是精靈公主了，從前她落難的時候我收留了她，還三番兩次向她求婚，誰知道她拒絕了我，卻答應嫁給精靈王子，真奇怪，我哪裡比王子差呢？」蟾蜍不滿地說。

歐若拉總算聽明白了，也弄清楚自己走進了《拇指姑娘》的故事裡。照情況看來，半夜襲擊營地的傢伙正是那隻愛上拇指姑娘的蟾蜍。

「算了，放牠走吧，動物的習性就是想要找個伴侶傳宗接代。」歐若拉放下光之劍。

「就算這樣，也不能大半夜偷襲良家婦女呀。」桃樂絲還沒消氣，指著蟾蜍的鼻子大罵。「讓我切牠一條腿洩洩氣！」

「饒命啊，我已經老大不小，整座雨林裡的少年和少女精靈又都給拐走了，教我上哪兒去找另一半啊？迫於無奈，只好出此下策……」蟾蜍垂眼。

「奧茲王的士兵連精靈也不放過？精靈能打仗、採礦嗎？」小紅帽問。

「不是奧茲王的士兵幹的，少年精靈是讓一個吹笛子的瘋子拐跑的。那瘋子也真有一套，吹幾首難聽的曲子，就把精靈唬得一愣一愣。」蟾蜍的話匣子一打開，就滔滔不絕停不下來。「我深深懷疑那瘋子是連環殺手，少年精靈跟著他離開家鄉，從此不見人影，連專門誕生精靈的魔法花朵也都不開花了呢，看來我這輩子是討不到老婆囉。」

「魔花不開了？」白精靈詫異地瞪大眼睛。

「對，我要打光棍一輩子啦。」蟾蜍哀聲嘆氣。

誕生精靈的花？童話故事中，拇指姑娘的確是出生自一朵盛開的花苞裡。歐若拉心想。同時歐若拉也滿腹狐疑。《拇指姑娘》和《花衣魔笛手》的故事竟然交纏在一起，像是麻繩的兩股繩芯。不曉得這兩個故事走到哪一個段落了？若是能掌握進度，也許有機會解決精靈國度的人口問題，博得精靈公主好感，藉以換取光之碎片。

「蟾蜍，你剛剛說認識精靈公主對嗎？能不能請你帶我們去見她？」歐若拉問。

蟾蜍面露赧色，道：「不行啦，精靈王子不准我靠近公主。」

「不為難你，只請你替我們帶路總可以吧？」歐若拉又問。

「喂，別忘了我們饒你一命。」桃樂絲以球棒的槌柄推了推蟾蜍。

「好吧，但我只能帶妳們到附近唷，別讓我碰上那個勢利眼的女人。」蟾蜍嘟囔。

「一言為定。」歐若拉允諾。

月光與水露凝結成銀白的霧霜，林間瀰漫霧氣，看不到星空也無從判斷時間。螢火蟲一閃一滅，眾人摸黑步行了幾十分鐘，只覺得愈來愈深入濃霧中心，能見度也愈來愈低，到了後來，伸出手來也看不見自己的指頭。

周遭寂靜無聲，歐若拉覺得她們像瞎子一樣，把命運交到了蟾蜍手裡，除了信任對方以外別無他法。

她一度後悔自己做的決定，要是蟾蜍也被邪惡給污染了，把她們獻給黑女巫當貢品該怎麼辦？歐若拉可得為同行友人們的安危負責。

她也覺得彷彿有什麼東西潛伏在霧裡窺伺，跟蹤她們的腳步，監視她們的一舉一動，像鬼魂一般如影隨形。歐若拉祈禱自己沒有誤下判斷，也祈求聖典庇佑她們。

就在情緒逐漸邁向緊繃的高點時，蟾蜍驀地停下腳步，差點讓尾隨的一行人如骨牌般撞在一起。

「到了。」蟾蜍停在一棵滿是結瘤的金合歡前方。

「這裡？」桃樂絲狐疑地問。

「沒錯。」蟾蜍非常肯定。

這時，一陣微風拂過，暫時淡化了白茫茫的霧氣，歐若拉環顧四周，發現她們置身於一片濃密的橡樹林。高壯的橡木聳入天際，涼爽的雲霧繚繞其中，的確頗有仙境的味道。

幾隻螢火蟲拖曳著自備的燈籠飛過，照亮了低處幾叢吊鐘花。酒紅、艷黃、純白和粉紫色的吊鐘花生得可愛，有細長下垂的花梗和筒型花萼，或張開或反捲的花瓣含羞微展，活像一串小鈴鐺，又像一個個騰空表演揮手的芭蕾舞孃。

眼前的金合歡樹是這片樹林中唯一有別於橡樹的樹種，點綴著星芒的巴掌大蕈類沿著樹幹繞圈生長，菌傘肥厚卻不能食用。藤蔓自金合歡高處枝椏垂降而下，在風中輕輕飄動，好似馬戲團表演中的鞦韆，卻獨缺空中飛人。

「怪了，我什麼精靈也沒看見呀。」桃樂絲東張西望。

「妳們當然看不見，必須用精靈的視角，才能一窺精靈的世界。」蟾蜍理所當然地說。

「那要怎麼用精靈的雙眼看？」小紅帽問。

「我只負責把妳們帶來門口，至於要怎麼進門，就不關我的事了。」蟾蜍一臉不悅地抱怨起來：「我一邊走一邊回想，說實在的，我不過是嚇了妳們一跳，卻要給妳們當導遊，走那麼遠的路。一切都是因為妳們拿刀威脅我，真是流氓，我不幹了。」

語畢，蟾蜍又一蹦一跳地躍入霧中，一溜煙消失了蹤影。

「等等哪……」歐若拉的手停留在半空中。

「現在怎麼辦？」桃樂絲爆了聲粗口。

小紅帽來回踱步，打量著前方的金合歡樹，說道：「蟾蜍說要用精靈的視角？那是什麼意思？」

「精靈視角……」歐若拉靈機一動，雙手一拍喊道：「我知道了！」她從口袋深處挖出縮小藥水的瓶子，搖了搖瓶中半滿的藥水，說道：「剩下的剛好夠用。」

《愛麗絲夢遊仙境》的故事以後，歐若拉便一直將縮小藥水留在身邊，以備不時之需，長大蛋糕也還剩一點點，應該夠她們恢復正常身材。

她讓每人喝了一口藥水，不過是一個心跳的節拍，歐若拉、小紅帽和桃樂絲就迅速縮小，變成和白精靈等高的小不點。

「這就是精靈視角了吧？」歐若拉思忖。

轉眼間，另一陣強風一口氣吹散了濃霧，眼前景物突然產生變化，彷彿翻開了故事的下一頁，所有東西莫不活潑生動起來……

金合歡的樹結變成一張老樹公公的臉，正衝著她們微笑。

樹幹上的蕈類，變成一階階的旋轉樓梯，四周垂降的藤蔓原來是打著精緻繩結的繩梯。發亮的螢火蟲成為提燈的衛兵，一朵朵吊鐘花是穿著蓬蓬裙的小精靈，正躲在葉片之間玩捉迷藏。

一切看來相似，卻又不盡相同，等到霧氣褪盡，女孩們才赫然發現目的地近在眼前。

「這就是小精靈的仙境？」桃樂絲瞠目結舌。

老樹公公清了清喉嚨，以老菸槍般的沙啞嗓音問道：「是自己人嗎？」

「其實——」歐若拉正要回答，卻被小紅帽一個拐子制止她繼續說下去。

小紅帽接著回答：「對，當然是自己人。白精靈受傷了，我們把她送回來療傷，希望精靈公主能把她的翅膀治好。」

小紅帽避重就輕，撒了個不算謊言的謊。老樹公公也買單了。

「好吧。」老樹公公呼喚：「紅精靈？」

一朵原本棲息在高處的紅色吊鐘花精靈聽到呼喊，輕拍翅膀飛了下來，她的裙擺在空中撐開，猶如旋轉不停的小傘。

「帶她們去見公主。」老樹公公吩咐。

紅色精靈點點頭，朝歐若拉等人勾勾手指，示意她們跟著走。

於是，歐若拉和桃樂絲分別撐著白精靈的胳膊，循著紅精靈的步伐跨上蕈類旋轉階梯，走向精靈公主的宮殿。

那幾個女孩看來一臉錯愕，精靈公主則百般聊賴地從杯緣悄悄打量她們。

紅精靈前來稟告有客人時，公主和王子正在精靈宮殿的大廳內吃晚餐。宮殿本身就像是一場夢境：大廳依附樹幹的分枝處建造，一半在枝幹上，另一半懸吊在半空中。綠葉編織成遮風擋雨的簾幕，五彩繽紛的花瓣是桌巾與蓆子，閃耀的仙塵漂浮在空氣之中，那是精靈宮人表演餘興節目時載歌載舞的效果。

精靈貴族的膳食也相當講究，新鮮花蜜被串在花蕊上，再以花萼盛裝，分別有玫瑰、鬱金香、桔梗、曇花和繡球花。精靈公主偏愛曇花的花蜜，倒不是因為滋味特別可口，而是曇花只在夜裡綻放短短的一小時，和公主本人一樣稀罕珍貴。

平坦的蘑菇餐桌上，甘甜透明的露水一顆顆擺放於彎起的葉尖，精靈公主取來一片充當茶杯的葉片，輕捧著啜飲起來，還偷偷觀察起前方不請自來的客人。

三個女孩衣著破破爛爛，公主猜在把白精靈送回來的路上，她們應該吃了不少苦頭。女孩們的手腳和頭髮也都髒兮兮的，其中一個特別粗魯的女孩指結間居然還長有厚繭，像是做過不少粗活。

儘管客人們為精靈一族做了件好事，被精靈王子邀為座上嘉賓，公主仍與她們保持冷淡的距離。

精靈公主不想弄髒自己乾淨的衣裳，她身披一襲半透明的粉紅色花瓣裙裝，紫色編髮落在肩頭，凸顯了白皙細嫩且閃閃發亮的肌膚，尤其那對王子御賜的流光綠色翅膀特別令她引以為傲，那是身分的象徵，更是讓她整個人煥然一新、告別過往的提醒。

眼前這幾個邋遢女孩讓精靈公主想起從前的苦日子，而她無論如何都不想重溫往日情懷。

「吃點花蜜。」王子對客人擺擺手，語氣聽來慷慨，但公主知道他只是不在乎。

「我們不習慣這類食物。」小紅帽婉拒。

「要不，喝點剛採來的花露水吧？妳們遠道而來，走遍了……」王子歪著頭，手指敲著下巴。

「六個國家，精靈國度是第七個了。」歐若拉替他把話說完。

「嗯，七個國家。」精靈王子漫不經心地又往嘴裡塞了一口花蜜，邊嚼邊說道：「除了把我的族人送回來之外，妳們還有話要對我說？」

歐若拉點點頭，開口之前，她朝小紅帽投以不甚確定的目光，小紅帽則拋給她一個鼓勵的微笑。

必然是精靈王子高貴的氣質震懾了這些卑微的人類女孩，精靈公主抬起下巴，心中洋溢驕傲。她再度取來一顆露珠，放在掌心把玩，對著自己反射的倒影搔首弄姿。

大家都說她長得可愛，還誇讚公主和王子是精靈國度中最漂亮的一對佳偶，每每思及至此，都讓精靈公主喜不自勝。

「有話就說吧。」王子催促。

歐若拉鎮定心神後，不疾不徐地說道：「聽說精靈一族講求公平，精靈不會平白無故給予好處，沒有人可以佔精靈的便宜。」

「是這樣沒錯。」精靈王子聳肩，公主趕忙點頭附和。

「同樣的，精靈也是有恩必報。」歐若拉頓了頓，說道：「我們把白精靈送回來，希望能向精靈公主要求一件禮物。」

「喔，是什麼？」王子好奇地問。

「光之碎片。」歐若拉說。

精靈公主聽了，差點兒把口中的露水噴出來。

「不可以。」精靈王子斷然拒絕。

精靈公主蹙眉，忍不住追問：「妳們要光之碎片幹嘛？」

「不瞞你說，我們一直在收集碎片。」歐若拉說。

精靈王子也聽出了興趣，他的坐姿從懶洋洋的靠著鬆軟的枯葉，變成傾身向前，饒富興味地盯著歐若拉看。「怎麼說？」

「希望能恢復聖典和光之劍的力量。」歐若拉回答。

王子這才注意到歐若拉腰際的書本，他雙眼發亮，星星在他的眸子裡旋轉。

精靈公主認為女孩們不夠誠實，一次只釋出少量資訊。不過，精靈皇室自己也沒有多坦白，所以，公主索性翹起腳來靜觀其變。

「意思是妳們為白女巫工作？」精靈王子眉飛色舞的俊臉上藏不住欣喜。

「沒錯！」桃樂絲搶著回答。「我發誓要消滅該死的黑女巫，找回我真實的身分。」

「非常宏遠的志向。」精靈公主高傲地噘起小嘴。

「不僅如此，我們還希望能解除三名白女巫的封印，讓愛好和平的白女巫和奧茲王達成協議，放逐所有黑女巫，把繁榮與和平還給奧茲世界。」小紅帽說道。

精靈王子意味深長地瞥了妻子一眼，經歷多年的婚姻生活，公主從篤定的眼神中讀出他心意已決。

精靈王子用力鼓掌。「了不起，我很佩服各位的志氣。」

歐若拉、桃樂絲和小紅帽見狀，興奮地牽住彼此的手，為即將到來的成功彼此道賀。

「不過很可惜，我們已經談好另一份合同了。」精靈王子說。

彷彿消音一般，人類女孩們頓時噤聲，糾結的眉宇間寫滿了疑惑。

「總之，謝謝妳們特地把白精靈送回來。」精靈王子下巴抬得老高，兩手在耳邊拍了拍，擺出送客的姿態。

不到一秒鐘的時間，一群虎頭蜂大軍聞聲而至。

精靈公主很訝異丈夫居然動用了蜂群，虎頭蜂是精靈王子最堅實可靠的士兵，也是最高規格的武裝部隊。按照她對丈夫的理解，王子對女孩們可能另有打算。

「他想趕我們走？」桃樂絲大嘆不可思議。

「不然這樣，我們拿等值的東西交換？」倉促之間，歐若拉大喊。

「等一下，」精靈王子示意虎頭蜂們停下動作，慢條斯理地抬眼問道：「妳有什麼可以提供給我？」

歐若拉急忙回答：「精靈小孩都是從花苞中生出來的，現在魔笛手拐走了所有精靈王國的孩子，又讓魔花陷入冬眠不再開放，妳們真的打算讓精靈王國絕子絕孫嗎？」

語畢，歐若拉從口袋中掏出一顆翠綠色的豆子。

「那是……」桃樂絲一愣。

「對，這是傑克的豌豆，我們攀登高塔那次，我偷偷留了一顆，總覺得有一天會派上用場。」歐若拉轉頭對王子說道：「這顆魔豆具有魔法力量，保證可以讓精靈王國的花田再次欣欣向榮。」

精靈公主瞪著魔豆，眼裡燃燒渴望，緊抓住裙擺的手心沁出汗來。

登上王位以後，她最大的心願就是看到精靈國多子多孫，長得像她摯愛王子一模一樣的精靈小孩到處亂跑。這麼多年來，她渴望小孩渴望到心都痛了，聽聞歐若拉擁有這麼一顆魔法種子，彷彿在她腹部點燃了一把火焰。

難怪她老覺得吃飽喝足以後卻感到空虛無比，再怎麼攬鏡自照，也無法填補那種空蕩蕩的感覺。現在，公主曉得空虛從何而來了。

就在這時，一隻長得像紫色吊鐘花的精靈匆匆進入大廳。精靈公主認得那位紫精靈，她老是帶來不好的消息。

紫精靈附在精靈王子耳邊，說了幾句悄悄話，王子則點頭表示理解。

「好，我相信妳們。」精靈王子從座位上起身，他面帶微笑走向歐若拉，伸手向她討魔豆。「讓我看看。」

歐若拉不疑有他，乖乖遞出魔豆。

意外的是，王子得手以後竟臉色驟變，方才的友善一掃而空，取而代之的是冷酷無情的命令。「來人哪，把她們關起來，大戰開始了，別讓這幾個好事的女孩給我們的主子添亂。」

「小偷！強盜！」桃樂絲大叫。

「卑微的人類啊，妳們憑什麼認為有資格和精靈做交易呢？」精靈王子擠出酸溜溜的冷笑，道：「精靈都是聰明的生意人，難道沒聽過鼎鼎大名的『藍培斯基』嗎？」

虎頭蜂群的嗡嗡聲充斥四面八方，像是一團夾雜狂風暴雨的烏雲般衝向歐若拉等人，歐若拉和桃樂絲想要拔起武器反擊，劍鋒尚未出鞘，卻讓小紅帽擋了下來。

「先別正面衝突。」小紅帽輕輕搖頭，以耳語音量說道：「按兵不動，還不到我們殺出一條血路的時候。」

精靈公主憂慮地攔住王子，道：「親愛的，等一等，也許我們該考慮人類女孩的提議，萬一精靈王國真的沒有下一代了該怎麼辦？」

「沒有子民又怎樣？為了維持我們精靈一族高貴的血統和完美的面容，採取少子化的菁英政策，讓資源更集中，生活更富裕，有什麼不好？」王子鐵了心腸，對公主說道：「打仗有什麼好處？黑女巫承諾過只要我們置身事外，就可以保留這一塊林地，難道妳不也受夠顛沛流離的生活了嗎？」

精靈公主一時啞口無言，只能眼睜睜的看著歐若拉等人被關進以魔法柳條編織而成的籠子內，淪為精靈國度的階下囚。

喀嚓—
喀嚓—
喀嚓—
……
拇指姑娘…為什麼每次合照，妳都會擋到別人啦
人家可愛嬌小，當然得離鏡頭近一點才行啊♪

第八章　白色，瀲灩的流光

桃樂絲來回踱步的跫音響遍了籠內，嘴裡也咒罵不停。

「小聲一點行不行？」小紅帽攔下桃樂絲，接著轉身，對歐若拉壓低音量道：「等衛兵去巡邏，我們就趁人不注意拿光之劍劈開籠子，摸黑逃出去。」

桃樂絲雙手叉腰，忍不住又咒了兩句。「真荒謬，我們把白精靈扛回來，精靈王子不感激我們也罷了，竟然還把我們軟禁起來？混帳東西。」

歐若拉懊惱地拍了額頭一下，滿懷歉意道：「我早該想到精靈也有壞心眼的，王子拿『藍培斯基』比喻，正說明了他的人品。」

「藍培斯基？誰啊？」

「他是一個專門索取高額代價，幫凡人解決問題的矮精靈，曾經施法讓一個女孩將稻草紡成金線，最後順利嫁給王子，成為該國的王妃。」

「這樣說來，是那女孩賺到啦。」

「還沒講完呢，藍培斯基的交易條件，是王妃的第一個孩子。」

「哇咧，真不要臉。」

這時，小紅帽以手勢要求二人保持安靜，她的狼耳左右轉動。「噓！小聲點，衛兵好像離開了——」

「好嘛。」

「——等等，又有人來了。」

小紅帽裝作若無其事的模樣，實際上卻技巧性地遠離籠門，與兩個女孩背靠著背擠在一起。

先是遠方傳來翅膀拍打飛掠樹梢的聲音，接著聲音的主人才驟然現身。一隻體態輕盈的燕子降落在籠前高處的枝頭，牠站穩了身子，亮出乳白色的腹部，歪著腦袋打量女孩們。

燕子背上，精靈公主威風凜凜地跨騎鳥背，飄逸的花瓣裙擺隨風翻動，居高臨下凝望眾人。不過她可愛的臉蛋一反常態地皺在一起，像是吞了一個酸梅子，或是一個難以下嚥的決定。

精靈公主一語不發，俐落滑下鳥背。

「公主？」女孩們面面相覷。

「安靜，別說話。」精靈公主來到籠子前，精巧的手指一陣忙碌，飛快地解開了籠上的鎖，隨後她敞開籠門，往後退了一步。

此刻監禁女孩們的囹圄門戶洞開，自由近在眼前，和夜晚的氣息聞起來一樣香甜。

「妳要放我們走？」小紅帽詫異地問。

精靈公主的嘴角扭曲，答道：「別臭美了，我可不是在幫妳們，而是在幫我的國家。」

她輕拍手掌，喚來另一隻燕子，並動手卸下燕子背上馱著的貨物——半個胡桃核。褐色的胡桃核上生著蜿蜒複雜的紋路，看起來就像迷宮。

對女孩們來說，精靈公主平白無故解開門鎖，一邊對她們生氣，一邊又送她們半個胡桃核，這整件事情的用意看來也像座難解的迷宮。

「那是？」小紅帽納悶。

歐若拉腰際的聖典散逸光芒，為眾人提供了答案。

「這就是我守護的光之碎片，也是我剛出生時，母親為我做的搖籃。我離家以後幾度輾轉，胡桃核再次回到我身邊，是我最珍惜的一件物品。」精靈公主撫摸刻痕，語氣充滿情感。

「謝謝妳，公主。」

「嗯。」

當精靈公主鬆開雙手，胡桃核便懸浮在半空中，它的輪廓逐漸淡化，變得虛實不分，接著幻化為一陣彩光，與聖典的光輝彼此相互吸引，最後融為一體。

歐若拉覺得皮帶一沉，聖典好似又增加了些許份量，她猜想，約莫是又添了幾個故事吧。

「終於拿到第六片光之碎片，還差最後一片了。」桃樂絲拍拍歐若拉的肩，衝著她笑了笑。

收下如此貴重的大禮後，女孩們連聲向公主道謝，精靈公主卻表情漠然。她逕自喚來第三隻燕子，讓燕子們依序並排，棲息在樹枝中段。

隨後，精靈公主對女孩們正色道：「紫精靈告訴王子，剛過午夜，戰爭便如火如荼地展開了，現在黑女巫們正全力攻打翡翠城。」

「那麼快？」女孩們大吃一驚。

歐若拉的腦袋一片空白，最擔心的情況終於還是發生了。

「我不希望參與戰爭，但是更不希望被人要脅牽制。」公主面色凝重。

「所以妳打算借助我們的力量，擺平黑女巫和魔笛手？」小紅帽問。

「就當作我是贊助吧！這幾隻燕子是當年載我脫離困境的好幫手，對我忠心耿耿。妳們想阻止黑女巫對吧？牠們會把妳們送去前線。」公主說。

「可是我們還沒準備好，光之劍也還沒恢復實力。」小紅帽煩惱地瞥了歐若拉一眼。

「當然，妳們也可以選擇繼續待在籠子裡。」精靈公主冷冷地說。

「不！」歐若拉深吸一口氣，率先跨出籠門。「寧可全力一搏，也不能裝聾作啞。」

目光清亮的燕子們非常有秩序地並肩站立，等待主人發號施令，好似訓練有素的士兵。

歐若拉攀上燕子拱起的背部，模仿公主方才的姿勢，張開雙手環抱燕子柔軟的頸項，下巴貼著蓬鬆滑溜的羽毛。

接著，桃樂絲和小紅帽也有樣學樣，三隻燕子蓄勢待發。

「狼騎鳥還是頭一遭。」桃樂絲嘿嘿訕笑。

「也只能捨命陪君子了。」小紅帽聳肩。

公主肅穆的眼光一一掃過每個女孩，她沉吟道：「記住，我沒有來過這裡，我的燕子也不曾幫助妳們，若是妳們把今晚的祕密洩漏出去，我是絕對不會承認的。」

「放心，我們口風很緊。」

「那好。」

公主斂起目光，雙手輕輕一拍，燕子頓如咻然脫弓的箭矢，射入無邊無際的夜色。

黑暗能欺瞞視線，夜幕隱蔽了行跡。遙遠的地面上，沒有人發現半空中竟有三隻猛力拍打羽翼的燕子，呈V型隊伍往翡翠城的方向振翅飛去。

就算有人注意到動靜，也是因為翡翠城那頭竄向高空的火光與瀰漫四周的煙霧，驚動了鄰近的村莊與森林。

三隻燕子彷若隱形，訓練精良的夜視力和續航力令牠們的本事遠超過普通家燕，歐若拉猜測精靈公主的魔法多少幫了點忙，讓燕子們有如晝伏夜出的蝙蝠。牠們朝目標迅速挺進，一路上只停下來一次，讓桃樂絲把從紅心城堡擄來的兔子恢復正常尺寸，然後牠放離開。

「黑女巫的滲透策略多半是成功了，現在她們八成圍著翡翠城裸奔跳舞呢。」小紅帽凝望森林彼端冉冉上升的灰煙。

「該死的奧茲王也不是省油的燈好嗎？根本半斤八兩。」桃樂絲說。

「黑女巫得意不了多久，我們馬上就會打破她們的既定模式。」歐若拉信心十足。

桃樂絲拍拍兔子屁股，等兔子鑽進地洞後，女孩們再次爬上燕背，不眠不休地努力趕路。

伏在燕子頸側，歐若拉看見目標快速逼近，空氣中刺痛雙眼的煙霧趨於濃重，底下的樹梢則不停倒退，幻化為模糊殘影，與夜晚融為一體。

她壓低身形，任耳畔狂風呼嘯，舔吻她的皮膚，沒過多久便將靜默的森林拋在後頭，挺身迎向前方的嘈雜喧鬧。

樹林之外是一片起伏不定的丘陵，隨著距離愈來愈近，戰火延燒引發的哭喊聲、叫喊聲與爆炸聲也愈來愈清晰，這些聲音鑽入歐若拉的耳廓與思緒，在她的腦海中大吵大鬧，形成千百個不祥的念頭，讓歐若拉忍不住皺起眉心。

這些聲音，似乎也牽動了桃樂絲沉睡的片段記憶，自認為從未在某一個市鎮久待長駐的桃樂絲，竟指認出前方沐浴在火焰中的，正是位於城池邊陲、尋常百姓們居住的小鄉鎮，她甚至還能一一說出屋主的名字。

「整個廣場上都是機械兵，混帳東西！連牧師的房子燒起來了？」

燕子向下俯衝拉近距離，以精準的飛行角度繞過熊熊烈燄和隨之產生的氣流。歐若拉也看得更清楚了，只見廣場上兵荒馬亂，豔紅火舌以超乎尋常的速度蔓延，攀向鄰近房屋，席捲整個市鎮，豬舍和馬廄也無一倖免。

戰爭來得又快又猛，火海之中，機械兵和黑女巫奮力廝殺，不時有士兵倒地，無辜百姓被當成擋箭牌或墊背的大有人在。一團混亂之中，救火的、抵抗的，拚命想挽回家園的人們徒勞地在街上來回奔走，然而，一切的一切都註定了付之一炬，小鎮猶如人間煉獄。

「看哪，東、西、南、北四國黑女巫全到齊了，還真是大陣仗。」桃樂絲嫌惡地哼了兩聲。

「黑天鵝、紅心皇后和海女巫也在下面。」小紅帽伸手指向廣場左翼，「咦？還有一個穿黑色澎裙的黑女巫。」

歐若拉低頭查看，果然瞧見穿著和舉止迥異於普通百姓的女人們混在人群之中，那些黑女巫見人就殺，以法力替自己開出一條血路，然後踩著死者的屍體前進。

根據桃樂絲和小紅帽的形容，歐若拉也將黑女巫們看了個一清二楚。

東國女巫梅西頭上生了一對惡魔般的扭曲尖角，她以魔法控制岩石，揮揮衣袖，石塊頓如雨下，砸毀了百姓的屋頂，還打傷人民和牲畜。

矮胖的西國女巫是賈桂琳，必定是糖果和小孩吃多了，以致於她咧嘴大笑時，總會露出滿口參差不齊的黃牙。西國女巫使用一把火槍形狀的魔杖，當她比向某個特定方向再配合高聲唸咒，火焰便自槍口噴發。

南國女巫葛琳達長相甜美，行為卻非常惡毒。她以雙手操弄魔法光線，凡是讓光線螫傷了眼睛的人，無不痛苦得滿地上哀號打滾。

頂著一頭狂野亂髮的是北國女巫葛索，她以綠色魔法繚繞的掃帚魔杖對付敵人，歐若拉和她已經在桑席的高塔上照過面了，知道北國女巫殘忍嗜血，骨子裡就是個瘋子。

另外還有抓著一把三叉戟，以人類型態加入作戰的海女巫烏娜；拿撲克牌作為暗器的紅心皇后；以及身穿芭蕾長裙、手握長鞭的黑天鵝。

至於小紅帽提及的穿了澎裙的女巫，她跟在黑天鵝身邊，看起來年紀很輕，眼神卻很蒼老，而且整個人面黃几瘦，不似法力高強的女巫，比較像伙食太差的學徒。

黑女巫們遠道而來參加這場盛宴，所以像試菜一樣，嚐嚐這個，試試那個，一下子以魔法勒斃人類，一下子又摧毀機械士兵，愉悅的神情明白表現出她們正玩得不亦樂乎。

另一股勢力是對抗黑女巫的奧茲王手下，他們夾雜在戰場上，指揮旗下士兵圍攻黑女巫們。憑藉對童話故事的了解，歐若拉認出其中幾號鼎鼎大名的人物——

揮舞著金銀斧頭的，是《金斧、銀斧、鐵斧》裡的樵夫；演奏魔法音樂迷惑眾人的是《花衣魔笛手》，他正是拐走少年精靈，藉以威脅精靈王子的傢伙。

眼尾餘光中，她甚至瞄到一名手持鐮刀且蓄有藍色鬍子的男人，猜想他就是童話故事中酷愛監禁女人的變態《藍鬍子》。

歐若拉的一顆心往下沉，幾乎要撞上胃部。光之碎片都還沒收集完整呢，戰爭便爆發了，她硬著頭皮前來，無法置身事外，可是她也不曉得該如何阻止這場浩劫。

這時，燕子對歐若拉說道：「瞧，那個身穿皮草大衣、配戴珠寶翡翠的女人就是魔法兵團長。另外那個配備機槍，像是巨無霸機械人的則是機械兵團長。她們兩人都是奧茲王的手下大將。」

「你會講話？」歐若拉一驚。

「意外永遠不嫌多。」燕子答。「順道一提，剛剛妳們看到穿黑色芭蕾澎裙的黑女巫，是黑天鵝的學徒醜小鴨。」

「你怎麼知道他們是誰？」歐若拉問。

「精靈王子不想惹事，所以和黑女巫還有奧茲王兩邊都盡量交好，時常往來走動，我是精靈公主的御用座騎，也跟著認識了很多人。」燕子說。

「牆頭草。」歐若拉賭氣道。

「換作是妳站在精靈公主的立場，一定也會做出相同判斷的。」燕子回答。

燕子再次拉低高度，幾乎沿著屋簷掠過，熱浪迎面而來，歐若拉聞到一陣焦味，覺得自己的頭髮和衣服都快被烤脆了。

突然，歐若拉的目光在人群中鎖定，那是位藍綠色頭髮的男孩。「朱拉？他怎麼……」朱拉一身墨黑的緊身衣褲，披風隨著步伐飛揚，他這身打扮，讓歐若拉差點認不出自己的親弟弟，但是他篤定的眼神和走路的姿態……那背影就算化作灰，歐若拉都認得。

男孩確實是朱拉。歐若拉不敢相信的是，溫柔的朱拉居然雙手交錯拋出黑色火焰，邊走還邊哈哈大笑，像是初次玩火的小孩般興奮得不得了，和歐若拉認識的弟弟判若兩人。

只見來自朱拉掌心的火球陸續命中尚未焚毀的房屋，燒傷的百姓哀號著從半毀的屋舍內逃出，朱拉卻連眼皮都不眨一下。

轟的一聲，教堂倒塌了，是朱拉的傑作。歐若拉覺得腦袋裡的某個東西也跟著崩塌，那玩意兒叫作理智。

「妳認識那男孩嗎？」燕子偏著頭說道：「他是黑女巫旗下最看好的新人欸，據說一直跟在醜小鴨身邊四處遊歷，由醜小鴨親手調教。」

歐若拉嗚咽一聲，淚水浸潤了眼眶，胸口隱隱作痛，急著想找回朱拉的渴望轉瞬間一掃而空。這一刻，對黑女巫們的憤怒和弟弟誤入歧途的羞愧在她心中交纏，讓她有股衝動，想請燕子直接掉頭回去，省得應付如此不堪的局面。

歐若拉的靈魂彷彿抽離此刻，回到紅心城堡外的那片樹林，恍惚間，抽水煙毛毛蟲毫無邏輯的話語，竟變得睿智無比……

「我的弟弟在哪裡？」「妳問錯問題了，重要的不是他在哪裡，而是跟誰在一起？」

「意思是朱拉現在有危險？」「呵呵，妳怎麼會那麼想呢？」

毛毛蟲低沉的嗓音在歐若拉耳畔徘徊不去，宛如一圈圈盪漾的漣漪。

是啊，朱拉居無定所，一直和醜小鴨在一起，接受黑女巫的訓練。所以朱拉當然沒有危險，因為對他人而言，朱拉的存在才是危險。

歐若拉發現自己真是太蠢笨了。

「女孩，我只能送妳到這裡囉。」燕子盤旋一圈，在稍遠的地方安全著陸。

理智斷裂以後，歐若拉的腦子嗡嗡作響，手腳也不聽使喚，她顫巍巍地爬下鳥背，瑟瑟發抖的雙手掏出長大藥水時，還差點打翻了瓶子。

另外兩隻燕子也尾隨而至，讓兩個女孩降落地面。

「發生什麼事了？」小紅帽立刻注意到歐若拉的反常行為。

「快。」歐若拉大口吞下藥水，隨便以手背擦了擦嘴，便把瓶子塞進小紅帽懷裡，含糊說道：「朱拉往翡翠城的方向去了，我要去阻止他！」

黑色的夜晚，黑色的火焰，黑色的死亡，黑色吞沒世界。

朱拉是一朵雷電交加的黑色風暴雲，翻飛飄揚的披風猶如拖曳而過的軌跡，他的腳步篤定沉著，散發出危險氣息，像是老練的表演者走在高空中的鋼絲上。儘管如履薄冰，卻也無比神氣，畢竟魔法本身就是一場展演。

驚愕癱瘓了人們逃跑的意志，恐懼則吞噬了他們反擊的能力，這朵狂放不羈的風暴雲在暗夜中大肆破壞，自掌心投擲而出的黑火打倒了面前擋路的機械兵和百姓。

「求您饒了我……」對方悲泣。

「那怎麼行？我相信等奧茲王到了地獄，也會需要人民擁護。」朱拉微笑。

朱拉一腳踹倒機械兵，腳踝來回扭轉，把對方的頭部踩得稀爛，然後往一名百姓的後背一推，把對方推進死神的擁抱，看著他在燃燒中跌跌撞撞尖叫發狂，接著才從容不迫地繼續上路。

朱拉隨興散播他的暴力美學，像捏死螻蟻一般處決了所有看不順眼的人，令所經之處死傷無數，完全不費吹灰之力。這種前所未有的感受出奇得美好，他十分樂在其中。對他來說，橫屍遍野代表的不是殺戮，而是革命，是行向真善美的必要之惡。

不過，迅速攀升的敵人死亡人數並不能讓他滿足，他的目標清晰，和夜裡熊熊燃燒的黑火一樣耀眼懾人。

「翡翠城，我來了。」朱拉的眼裡閃爍殺意。

翡翠城，一座通體透亮宛若透光翡翠打造而成的美麗堡壘，代表榮耀與權位。

暗夜裡的翡翠城依舊散逸翠綠色的螢光，彷彿它本身就是個發光體，錯落有致的尖塔則是一群拔高的水晶柱。

朱拉摩拳擦掌，滿懷喜悅地感受著掌心醞釀的魔法，他的十指相互抵觸，無法不去想像當翡翠城的尖塔崩毀碎裂，奧茲王的權力消失殆盡時，叮叮噹噹的水晶碎片聲響該有多麼悅耳美妙？

「朱拉……」

隱約之間，朱拉好似聽見遠方傳來歐若拉的呼喚。比喊他吃飯生氣十倍，也比叫他起床用力十倍。

一想到姊姊，他便火冒三丈。

透過一柄魔鏡中的影像，朱拉看見歐若拉尾隨他來到奧茲世界，可是，兩人的命運卻大相逕庭。

朱拉像是囚犯一般被關在暗無天日的牢房裡，任人打罵，受盡白眼；歐若拉卻興高采烈地和兩個女孩結伴旅行，在各個國家四處玩耍遊歷，接受城主的殷勤款待。

若非醜小鴨憐憫他，讓他看清楚事實，他還傻傻地擔心著歐若拉的安危呢。

歐若拉不需要他了，歐若拉結交了新朋友，兩個奇醜無比的女孩。哼，所謂的姊妹淘、手帕交。呸。

「朱拉，你總是不被承認、不被重視，明明自己也行，卻無法得到認可和稱讚，對嗎？」醜小鴨的一席話點醒了他：「被剝奪了權力，大人卻只會要你堅強，缺乏機會，大人只叫你繼續努力。說到底，這世上的多數人只知道關心自己，強加自己的價值觀到弱者身上。」

被囚禁的日子裡，朱拉黯然神傷，醜小鴨的友誼成為支撐他活下去的力量。

「你想不想離開監獄，學習魔法？」「當然想啊，可是……我可以嗎？」

醜小鴨的笑容帶著傻氣，她的承諾卻真摯且堅不可摧。「讓我教你魔法吧，我會給你力量，讓你有能力反抗、毀滅所有不公不義。」

從那時候開始，朱拉便像個飢餓的孩子般狼吞虎嚥各種知識，認真研習黑火魔法，直到爐火純青。

現在，正是他準備驗收的時刻，而翡翠城已近在眼前。

「朱拉！你在幹什麼？」歐若拉氣急敗壞地趕上弟弟。

「果真是妳。」朱拉停下腳步，漠然轉過身子。

姊弟倆視線交會之際，歐若拉驚覺朱拉眼中滿溢的不是與親人久別重逢的喜悅，而是……不耐、厭惡？歐若拉甚至在朱拉眼底讀出憎惡，彷彿與他面對面的，是一隻噁心的林中怪物。

她忽視在她腦子裡大吼大叫、頻頻敲門的諸多疑問，雙手捧起弟弟的臉，想要仔細端詳那張與自己相仿的面容，朱拉卻甩開她的手。

「朱拉？」歐若拉既尷尬又惱怒，情急之下，轉而斥責道：「你居然幫著黑女巫濫殺無辜？」

「妳弄錯了，我是在行善。奧茲王是昏君，唯有讓他下台，世界才能恢復和平。」朱拉冰冷的語氣足以凍傷他人。

歐若拉感到胸口一緊，呼吸也跟著困難起來，但仍不死心地爭辯：「有別的方法達到和平的目的，不一定非得以戰爭作為手段，打仗是最糟糕的下下策，我們的國家不也正在打仗嗎？害得大家有一頓、沒一頓，難道你都忘了？就算對奧茲王的統治不滿意，也許翡翠城可以改革呀，或是，嗯，和談？」

「很抱歉，我的想法與妳相左，不代表我就一定是錯的。從小到大，我一直聽別人告訴我什麼是對是錯，我想，現在也該擁有自己的判斷力了。」朱拉斷然回答。

「天哪，黑女巫對你做了什麼？我不相信你是這樣的人。」歐若拉倒吸一口氣。

「還記得我在閣樓上對妳說的話嗎？我說，妳有沒有想過，如果我們不是襁褓中被丟在大宅門口，而是有錢人家的少爺小姐，或者出生在沒有戰爭的地方，會過著什麼樣的生活呢？」朱拉問。

歐若拉咬住嘴唇，緩緩搖頭。

朱拉對姊姊擠出一絲憂傷笑容，道：「也許妳不曾想過，但是我有。我是個男孩子啊，女孩子長大嫁人了也許還有翻身的機會，男孩子只能靠自己，工人或是醫生，無名小卒或是英雄。」

歐若拉無言以對，儘管是來自同一個娘胎的雙胞胎，還攜手共渡了漫長的十六年歲月，她卻從來沒有站在弟弟的角度想過。

「告訴妳，讓我選一百次，我都會選擇當個英雄。」朱拉的神情變得嚴峻。「現在有了可以出人頭地的機會，我一定要好好把握。念及往日情誼，也許妳可以考慮加入我們的陣營？這樣的話，我們姊弟倆又可以在一起了。」

「絕無可能！」歐若拉的喉頭迸出低吼。

此際，朱拉神情中殘存的一絲溫暖也蕩然無存，整個人好似封閉起來。

「那好吧，談判破裂。」朱拉轉身揚長而去。

「我一路上這麼辛苦，被怪物追殺、被黑女巫下毒，都是為了救你！」歐若拉挫敗地瞪著弟弟陌生的背影吼道。

「我對妳的旅遊行程細節沒興趣。」

「你怎麼能說出這麼無情的話呢？」

朱拉頭也不回，淡淡地回道：「難道就沒有一絲絲可能，妳和我一樣，是為了滿足個人的英雄主義？畢竟我們是雙胞胎，除了外表，骨子裡也是一樣的。選邊站的時候到了，如果妳還想對我說大道理，那就省省吧。」

歐若拉手足無措地愣在原地，感覺胸口中有些東西碎了，又有些東西堵著，讓她喘不過氣。

弟弟的驟變讓她一時無法接受，她懷疑朱拉和桃樂絲一樣，都被黑女巫洗了腦。可是朱拉沒有忘記自己是誰，甚至沒有忘記歐若拉，還把成篇歪理說得頭頭是道，歐若拉不曉得該拿他怎麼辦，只覺得千里迢迢尋找弟弟的路全都白走了，架也白打了。

這時，翡翠城門咿呀開啟，吸引了歐若拉的注意。

一名身穿黑色禮服、手持翡翠短杖的中年男子步出城門，寬闊的肩膀和粗糙的大手傲然展示無往不利的戰績，嘴角的皺紋彷若暢飲歲月。男子下巴高抬，目光銳利如鷹，以王者般的睥睨之姿掃視前線戰況，展現出十足的領袖氣質。

然而，他的出現也令朱拉的眼眸浮現一層陰霾。

「黑巫師。」奧茲王炯炯有神的雙眼攫住朱拉，嘴角勾起一抹不屑的冷笑。

「奧、茲、王。」朱拉咬牙切齒。

「黑巫師，你們抓走了我唯一的女兒，我發誓就算把整個奧茲大陸翻過來，也要帶我女兒回家！失親之痛，好比死了一萬次，為了洩憤，我決定第一個就拿你來開刀。」憎憤令奧茲王全身肌肉鼓脹，頸項也浮現青筋。

「正合我意，受死吧！」下一秒，朱拉拔足向前狂奔，掌心不停拋出黑火。

奧茲王即刻揮出翡翠短杖，杖尖朝朱拉射出綠色閃電，霎時間，閃電與黑火在空中交會，爆出墨綠色的火花與樹枝狀的光芒。

兩種魔法在短暫的碰撞後回彈，朱拉和奧茲王雙雙在爆炸中向後彈開，各自摔倒在地。

「朱拉！」歐若拉心疼地喚道，企圖前去阻攔。

沒想到，身穿黑色芭蕾澎裙的醜小鴨卻忽然冒出來，還一個箭步衝到她面前。

「別管朱拉，他沒問題的，我將他訓練得很好。」醜小鴨伸出手中長柄羽毛，擋住歐若拉的路。

歐若拉倏地拔出光之劍，擺出防禦動作，同時以眼角查看朱拉的情況。

事實證明醜小鴨是對的，果然不過一晃眼的功夫，朱拉再度與奧茲王陷入不分軒輊的苦戰。

「就跟妳說吧。」醜小鴨的語氣藏不住洋洋得意。「我是朱拉最好的朋友，當然最了解他。而妳八成就是他那個笨蛋雙胞胎了吧？」

「錯！我是他血濃於水的親姊姊，妳則是帶壞朱拉的黑女巫。」歐若拉咆哮。

「妳好沒禮貌啊！呵呵，朱拉現在滿足於力量，在戰鬥與征服中完成自我實現，不再是當初那個無能為力的小男孩了，難道妳不為他高興？」

「住口！」

光之劍的劍尖指向醜小鴨，歐若拉也不管光之碎片尚未齊集，或有否能力誅殺黑女巫，此時此刻，只要能好好教訓醜小鴨一頓，她便能心滿意足。

醜小鴨好似看穿了歐若拉的心思，明白她只是裝腔作勢，所以對劍刃的威脅完全不以為意，反而拿起長柄羽毛當作扇子搧風。

「可惡！」歐若拉更氣了。

滔天巨浪般的妒意和怒意沖刷著歐若拉的心，毫無疑問，眼前瘦巴巴的黑女巫就是破壞她們姊弟感情的始作俑者，歐若拉恨不得立刻拔掉這根肉中刺。

然而，正要發作，歐若拉卻聽見來自小紅帽的呼救。

轉頭一看，歐若拉瞥見小紅帽和桃樂絲不知何時竟和魔法兵團長打了起來，而且情況不大妙，即便兩個女孩通力合作，仍被魔法兵團長逼得節節敗退，眼看就要打輸了。

歐若拉迅速評估情勢，千分之一秒的遲疑後，她只得暫時拋下朱拉，往更需要自己的地方飛奔而去。

「太好了，就把妳們送給她處理吧。」醜小鴨在背後譏笑。

穿了一襲深色法袍的魔法兵團長是個容顏艷麗的女人，她的巫師袍以華貴的貂皮皮毛製成，成套的切割繁複的珠翠寶石耳環、項鍊和戒指比馬賽克鑲嵌玻璃更加精緻，與遠方屋舍燃燒的火光相互輝映。

即使知道魔法兵團長就是死神的代名詞，百姓們仍無法挪開視線，拚命爭睹每一吋的璀璨。

「呵，憑妳這種貨色，也敢向我挑戰？」魔法兵團長旋身閃過小紅帽的剪刀，嘴邊漾起一抹獰笑，舉手投足之間的傲慢，更強化了她的雍容氣息，讓她看來像是出手闊綽的貴婦。

而一身耀眼打扮中最引人注目的，是魔法兵團長手裡捧的水晶球，魔法水晶球由內而外不斷融出源源不絕的紫黑色霧氣，在主人的命令下，霧氣聚合為一道道魔法鬼影。

只見鬼影撲向桃樂絲，桃樂絲的球棒則奮力揮趕，剎那間鬼影散開，接著又重新聚合，轉而攻擊另一名距離最近的百姓。鬼影宛若來自地獄的索命陰魂，緊緊纏住它逮到的活物，吸食對方的生命，並隨著對方最後一絲氣息殆盡，兩者才雙雙墜入幽冥。

小紅帽舉起大剪刀革擋，桃樂絲則不斷閃避，並以球棒回擊，雙方才勉強勢均力敵，可見對手實力相當強大。

另一方面，魔法兵團長在應付兩名敵人的同時還行有餘力，能把周圍倒楣的路人甲乙丙丁通通拖下水，奧茲王那一方顯然鐵了心腸要和黑女巫們對抗到底，寧可拿老百姓來陪葬。

「啊！」桃樂絲被一道鬼影擦過，連連翻滾了好幾圈。

歐若拉大喝一聲，以光之劍劈向鬼影，加入戰局替好友們助陣。

「雖然光之劍少了一枚碎片，稱不上是什麼天下無敵的武器，但是我的勇氣足以彌補一切。」歐若拉給自己加油打氣。

暗夜之中，散發光芒的光之劍好似劃過天際的耀眼彗星，不斷舞出一片片乍看有如煙火的繽紛殘影。

好比黑暗遇見光亮般無所遁形，紫黑色的鬼影在七彩劍光中驀然消逝。

「那是……光之劍？」魔法兵團長眼裡浮現殺機，加快速度釋放鬼影。

但是一物降一物，光之劍彷若水晶球的天生剋星，歐若拉成功反轉了局面，此際，轉而屈居劣勢的魔法兵團長銳氣大挫，臉色也像是踩了滿腳狗屎般嫌惡且憎恨。

「如何？換妳嚐嚐我們的厲害了吧？」桃樂絲哈哈大笑。

在光之劍一次斬首三縷鬼魂以後，魔法兵團長氣餒地喊：「不可能啊，那把劍還不完整，不可能那麼厲害……」

「也許是妳太遜了？技不如人還怪到兵器頭上哩？」桃樂絲嘲諷。

魔法兵團長頓時語塞，臉色如凜冬般森寒。

光之劍能斬殺鬼影，等於是瓦解了魔法兵團長自以為無人能敵的法術，三個女孩因而士氣大振。她們彼此掩護，由歐若拉對付魔法水晶球，小紅帽和桃樂絲則近身攻擊魔法兵團長。

隨著默契愈來愈好，女孩們的動作也愈來愈快，光之劍戳刺，剪刀劈砍，球棒重擊，你來我往絲毫不給敵人喘息的機會。

魔法兵團長開始變得手忙腳亂，漸漸地，水晶球釋出鬼影的頻率和力道似乎也減弱了。

在某個電光火石的瞬間，小紅帽的剪刀劃破魔法兵團長的衣袖，歐若拉的光之劍斬下她一截手指，霎時血光噴濺。

魔法兵團長高聲慘叫，水晶球應聲掉落地面，此時桃樂絲的球棒猛烈地補上了重重一槌，把水晶球砸了個粉碎。

「不！」魔法兵團長慘叫。

紫黑色的祕術宛若潰堤的河流般朝四面八方流逝，滲入腳下泥土之中，頃刻間天搖地動，大地為之震撼。

突如其來的地震讓白熱化的戰線急速降溫，魔法兵團長的力量猝然崩潰，奧茲王與士兵們也全都愣在原地，彷若從一場無意識的夢遊中驀地驚醒，臉上寫滿不知所措。

然而，眼見身為奧茲王大將的魔法兵團長被歐若拉等人擊潰，黑女巫們並沒有沾沾自喜，反倒顯得驚慌失措。

「唉呀，我的頭好痛……」桃樂絲捧著腦袋。

「桃樂絲，妳還好嗎？」歐若拉關心地問。

「桃……樂絲？」桃樂絲用力甩頭，艱難地開了口，以乾澀的聲音說道：「我想起來了，我通通想起來了，我不叫做桃樂絲，我的名字是奧茲瑪。」

「奧茲瑪？」小紅帽瞪大雙眼。「妳是翡翠城失蹤的公主奧茲瑪？」

「對。」桃樂絲揉著太陽穴，迷惘地說：「天哪，我怎麼會忘了呢？」

「那還用說嗎？一定是黑女巫的魔法啊。」小紅帽怒道。

幾公尺外，宛若大夢初醒的奧茲王一聽見「奧茲瑪」三個字，立刻將翡翠短杖脫手一扔，連滾帶爬地衝了過來，把呆若木雞的朱拉留在原地。

「奧茲瑪？我終於找到妳了，我的女兒！」奧茲王涕淚縱橫，炯炯有神的目光也被淚水給澆熄了，只知道使勁擁抱一直被眾人當做「桃樂絲」的奧茲瑪。

「父親？」奧茲瑪怔怔地喊。

「我命令士兵翻遍每一個山頭、每一座城池，苦苦尋找妳的蹤跡……」奧茲王哽咽。

「對不起，我忘記回家的路。」奧茲瑪投入奧茲王的懷抱。

「不怪妳，是黑女巫的魔法愚弄了妳。」奧茲王輕撫女兒的頭。

「現在我回來了，我不會再離開家。」奧茲瑪抽抽噎噎地說。

站在一旁的歐若拉恍然大悟，一切都說得通了，難怪稻草人認不出昔日好友，鐵皮人也宣稱她不是桃樂絲，因為她本來就不是。

歐若拉拍拍腰際聖典，若有所思地對小紅帽道：「所以聖典毫無反應，奧茲瑪當然沒有光之碎片。」

「如果桃樂絲不是桃樂絲，那真正的桃樂絲在哪裡？」小紅帽低語。

「看來，我們瞎忙了一場。」歐若拉輕嘆。

回想起造訪了七座城池的辛苦旅程，歐若拉和小紅帽咬牙忍下所有困厄，一心盼望能齊集光之碎片，找到朱拉，解除白女巫封印後釋放小紅帽的母親。

剩餘的一枚光之碎片不知流落何方，朱拉變了一個模樣，解除封印更是希望渺茫，挫敗感如潮水般襲來，沖刷著兩個女孩殘存的信念。

就在女孩們陷入絕望的時刻，一陣笨重的腳步聲由遠而近，蹣跚走向二人。

歐若拉抬頭，發現是奧茲王的機械兵團長正朝她們倆走來，小紅帽頓時防備地舉起剪刀。

「奇怪，她好像不是來找碴的。」小紅帽注意到對方下垂的機械手臂。

「不然，是來談和的嗎？」歐若拉納悶。

機械兵團長在幾步之遙以外停下，機甲忽地向上掀開，露出內部操縱機械的主人。歐若拉大吃一驚，裡頭居然藏了個蓄著金髮、長了雀斑的小女孩。

「我聽到妳們的對話。」女孩彎腰，似是在腳邊摸索什麼。隨後，她掏出一雙銀色的高跟鞋。「我猜妳們在找這個東西。」

「妳怎麼會認為我們需要一雙銀鞋？」歐若拉錯愕地問。

「不是普通的銀鞋，是可以送我返回家鄉的飛天銀鞋。」女孩回答。

「謝謝妳的好意。問題是，沒有朱拉，我也不想獨自回家。」歐若拉蹙眉，瞟了朱拉一眼。

「不是那個意思啦。」女孩噗哧一笑，把銀鞋往歐若拉面前推。聖典比繼承人更早反應過來，書頁頓時大放異彩，彷彿高聲宣告，眼前正是真正的桃樂絲和最後一枚光之碎片。

「原來是妳！」小紅帽驚喜地說。

女孩再次微笑，她遞出銀鞋，轉眼間，七彩光芒照亮了三個女孩的臉。

謎底接二連三解開，長伴歐若拉旅行的女孩，其實是奧茲瑪。以機械兵團長的身分過生活的，才是真正的桃樂絲。

「那個女人，」真正的桃樂絲伸手指向魔法兵團長，道：「她不是魔法兵團長，她是黑女巫之首克勞蒂亞！當我認出她時，她就把我和奧茲瑪調換，封鎖了我們的記憶。」

歐若拉心頭一凜，點滴過往組合出完整的事實。真正的桃樂絲揭穿了黑女巫克勞蒂亞的真實身分，她就是第八個不知名的黑女巫，也是背後操控一切的主謀，拼圖現在全到位了。

放眼望去，屋舍傾倒，橫屍遍野，全都是因為黑女巫的興風作浪。

「愣在原地幹嘛？我的水晶球壞了，妳們的腦子也壞了嗎？繼續打呀！」克勞蒂亞氣得大罵旗下的女巫們。

七名黑女巫重新投入戰鬥，至於奧茲王的手下，只剩下藍鬍子、魔笛手、樵夫和所剩無幾尚未倒下的機械兵們仍拚命抵抗，試圖保護翡翠城和他們的王。

「朱拉，上呀！殺死萬惡的奧茲王！」黑天鵝命令。

渾身上下佈滿新傷的朱拉一愣，轉頭瞪視跪在地上相擁的奧茲瑪父女倆，他的臉上寫滿掙扎，擺明了無所適從。

「奧茲王出動士兵，不是為了攻佔鄰國，而是尋找自己的女兒，這……是真的嗎？」朱拉的語氣乾澀。

「你何必在乎理由？反正事成之後，不會少了你的好處。」克勞地亞冷酷地說。

「你們欺騙了我！」朱拉不滿地吼道。

克勞蒂亞揚起下巴，冷笑兩聲，繼而對朱拉說道：「女巫被奧茲王打壓了千百年，一直龜縮在森林裡的小屋或是偏遠的高塔中，讓人瞧不起，國王和城主需要女巫的幫忙時，就將我們奉為座上嘉賓，說我們像仙女一樣，能揮灑魔力。當他們不需要我們時，就因為畏懼而一腳將我們踢開，還宣稱我們邪惡？這種呼之即來、揮之即去的日子，女巫們受夠了！」

「醜小鴨，是這樣嗎？」朱拉蹙眉。

醜小鴨眼神閃爍起來，默認了一切。

「不相信嗎？」克勞地亞繼續說道：「就拿我的姊妹們來說吧，東國女巫梅西是輩分很高的女巫，卻在小公主的滿月慶生會中被故意遺漏，成為那個唯一沒能拿到邀請函的女巫，此等恥辱，她怎能忘記？是國王的偏見造成公主的不幸，害得舉國上下遭受詛咒，陷入長眠。」

「莫非是……灰姑娘裡的女巫？」歐若拉小聲嘀咕。

克勞蒂亞不理她，又道：「西國女巫賈桂琳雖然有個嘴饞的毛病，但是她從不主動偷走小孩，只是用糖果餅乾裝潢她的森林小屋，吸引貪吃的小鬼上門。狗追貓，貓抓老鼠，女巫吃小孩，何罪之有？若非她是專精於火魔法的女巫，大難不死，否則早就在火爐裡喪命了！

「南國女巫葛琳達早就看透了人類的自私與傲慢，憑什麼世界不能由她那樣的女巫統治？讓人民都跟她一樣幸福快樂，這樣不是很美好嗎？北國女巫葛索也一樣，明明是皇后答應把魔法催生出的孩子送給她，葛索按照約定帶走公主，卻要受盡外人唾罵？

「再看看可憐的奧吉莉亞，爭取愛情有什麼不對？難道黑天鵝就不配得到真愛嗎？唉，真的要算帳，我還可以說個三天三夜。」

「朱拉，對不起，我有我的苦衷。」醜小鴨急著向朱拉解釋，但後者鐵青著臉，並不領情。

「即便這樣，仍然無法解釋妳們封印三位白女巫的惡行，她們難道不是妳的同類？說穿了，黑女巫不過是找了個冠冕堂皇的藉口想要統治世界，卻一路除掉所有擋路的人。」小紅帽的聲線緊繃。

克勞蒂亞凶惡的目光尋找著聲音來源，最後停格在小紅帽的狼耳上。「哼，原來是白雪公主和狼族的雜種女兒。」

「什麼？」小紅帽詫異地張大嘴巴。

歐若拉盯著一臉得意的克勞地亞，迅速消化前所未聞的嶄新訊息，黑女巫看起來不像在說謊，比較像在炫耀。一個古怪念頭在歐若拉心中萌芽滋長：莫非所有故事在奧茲世界中仍然繼續發展？

的確，她從來沒有想過當童話故事闔上了最後一頁之後，接下來會發生什麼事？在經歷了這一切以後，對歐若拉而言，童話人物不再只是平板的角色，而是有血有肉的人。

「說到白雪公主那個賤丫頭，當初被我趕出城堡，又餵了毒蘋果，沒想到居然還是死不了。」克勞蒂亞輕蔑地哼了哼。

「所以說……我的母親白雪……是被封印的白女巫之一……」小紅帽支支吾吾。

「吃驚了嗎？」克勞蒂亞縱聲狂笑。「為什麼身為世界上最美麗的女人，卻不能同時擁有最強大的法力？魔鏡啊魔鏡，我想當的不只是女巫，也不只是皇后，我還要成為翡翠城的女王！」

「妳就是那陰險的繼母、可惡的壞皇后！」歐若拉咬牙。

克勞蒂亞一步步靠近歐若拉，狡猾的視線在光之劍身上流轉。「妳手上的劍還真眼熟，看來命運之神很眷顧我哪，一次送來兩個白女巫的後人。」

一聽見母親黑女巫提及自己的身世，歐若拉彷若石化般動彈不得。

「上次的黑之月事件，妳母親在被封印以前，拚了命把妳們送出奧茲世界，結果繞了一圈，又落到了我手上。哈哈！白女巫應該會在封印裡頭氣到發抖吧？」克勞蒂亞說。

「妳……」哐噹一聲，光之劍自歐若拉顫抖的手中掉落。

克勞蒂亞挑眉，她等待的就是這一刻。「別中計！」朱拉的警告才剛出口，克勞蒂亞便伸出右手，捏住歐若拉的喉頭。

當克勞蒂亞的眼尾餘光瞥見衝向自己的朱拉時，又伸出左手，以同樣的方式抓住他。只見紫黑色的魔法從她的指尖竄出，像是一條堅固的繩索，打算勒斃二人。

「真是個見風轉舵的臭小子，想造反是吧？我讓醜小鴨訓練你，可不是在幫白女巫培養接班人。」克勞蒂亞愈握愈緊。

「朱拉？」醜小鴨驚叫。

黑天鵝拉住醜小鴨的手腕，罵道：「妳想以下犯上？我養妳那麼大，可不是要眼睜睜看妳送死。」

歐若拉和朱拉死命掙扎，卻無法掙脫克勞蒂亞的掌握，眼見兩人都臉色漲紅，似乎快要沒了呼吸。

回神後的小紅帽想要幫歐若拉，卻被東國女巫擋下，桃樂絲則必須越過西國女巫和南國女巫，才有機會接近歐若拉，此時此刻，兩人都分身乏術。

「可是我不能放任朱拉不管啊！」醜小鴨和黑天鵝一陣拉扯。

「他本來就是我們的祕密武器，武器是拿來犧牲的。」黑天鵝訓斥。

「不行！」醜小鴨用力推開她的導師，手執的長柄羽毛射向克勞蒂亞。

羽毛擦過克勞蒂亞的肩，割破貂皮巫師袍，劃出一道血痕。

「叛徒！」克勞蒂亞大罵一聲，鬆開雙手拋下朱拉和歐若拉，兩人隨即痛苦地大聲咳嗽。

震怒之下，克勞蒂亞紫黑色的魔法繩索緊緊繞上醜小鴨的脖子，像舞弄鞭子般一而再、再而三地騰空猛甩醜小鴨，然後把她甩飛視線之外，醜小鴨瞬間倒地不起。

「醜小鴨……」朱拉悲痛地伸出手。

「真是夠了！」克勞蒂亞陷入暴怒，她高舉雙手，不知從何而來的黑色能量籠罩她的全身上下，宛如一朵黑色的龍捲風。

「那是什麼？」歐若拉邊咳邊問。

「是克勞蒂亞賴以為生的力量——黑暗之源。」朱拉摀著喉頭，啞著嗓子回答，試圖拿回力氣，從地上爬起身。

克勞蒂亞揚起手來，仰天長嘯：「姊妹們，讓我們重啟黑之月事件吧！」

此際，東、西、南、北四國女巫以及紅心皇后、海女巫和黑天鵝等七名黑女巫全部模仿克勞蒂亞的動作，紛紛高舉雙手與各式各樣的魔杖，以自身魔法加持克勞蒂亞的力量。

頃刻間烏雲蔽月，彷彿憑空出現了一條黑色的紗帳，將整個夜幕遮住。

透過朦朧的光線，歐若拉依稀辨識出月亮的形狀，但是，皎潔的月色卻被鑲了銀邊的妖異黑月所取代，像是惡魔以天空為布幕，和人類玩起恐怖的手影遊戲，輸了就要賠上性命。

雷聲轟隆作響，一道接著一道，黑色的雷擊自高空竄下，更似惡魔伸出指爪。

只見死傷大半後原本就為數不多的機械兵全部倒下，戰場上只剩下奧茲王和幾員大將仍然屹立不搖，但是，魔笛手和樵夫的兵器卻都在雷鳴中突然消失了。

「我的斧頭呢？」

「還有我的魔笛也不見了？」

克勞蒂亞狂笑不已，道：「被黑暗之源徵用啦。」

歐若拉咬緊牙關掙扎著起身，恢復完整力量的聖典和歐若拉的連結變得異常強烈，彷若合為一體。聖典幻化為飛快撰寫的字跡，逐字逐句秀在歐若拉的腦海中，逐步告訴歐若拉該怎麼做。

她朝光之劍伸出手，劍柄便像是磁鐵受到磁極牽引般倏地回到她手中，歐若拉讓劍尖朝向明月，一道彩虹投射而出。

七種彩虹的顏色融合為純潔的白色，集結了七枚光之碎片的光之劍綻放瀲灩白光，七彩流光編織為亮白色的光線，投向空中的黑色月亮。

白光剛開始像是網子，篩除黑色的魔法，後來則羅織為細密的潔白錦緞，由粗而細，一點一滴驅逐了夜空中的黑色污染。

百姓們瞠目結舌仰望天空，這一刻，夜晚竟和白晝同樣明亮。

「不！」克勞蒂亞終於體力不支，雙膝一軟跌坐在地。

遠處的廣場上起了騷動，一隻枯葉蝶翩然而降，在紅心皇后耳畔絮語，令紅心皇后忍不住皺眉。

「又怎麼了？」克勞蒂亞鼻翼微張，怒氣瀕臨沸點。

「是貝兒、愛琳和桑席那幾個光之碎片的守護者帶著大軍來了。」紅心皇后蹲下，附在她耳邊悄聲道：「識時務者為俊傑，我們還是先迴避吧？」

「可惡，扶我起來！」克勞蒂亞厲聲道，幾名黑女巫立刻簇擁而上。「這次算妳們走運，但是，妳們是絕對找不到白女巫的封印地點的！」

轉眼間黑霧瀰漫，黑女巫們像是消融為空氣似地無影無蹤。

歐若拉立刻將這個大快人心的好消息告訴其他人。「撲克士兵領軍，鐵皮軍團壓陣，我們的救援已經進入小鎮廣場了。」

「她們怎麼知道要趕來支援？」桃樂絲問。

「還不多虧了妳的兔子信差。」歐若拉回答。

一聽說援軍已經到了，眾人莫不鬆了口氣，唯獨朱拉頹然坐在地上，失神地四處張望。

「醜小鴨呢？」

「醜小鴨被黑天鵝帶走了。」小紅帽說：「我親眼看見的。」

「不行，我要去找醜小鴨。」朱拉的眼神變得疏離，像是一縷孤獨而迷失的幽魂。

歐若拉走向弟弟，柔聲說道：「朱拉，你也聽到了，我們的母親還在封印中，你應該和家人待在一起。」

「我已經不知道誰才是我的家人了。」朱拉喃喃回答，髮絲凌亂地散在額頭上。

「朱拉……」歐若拉一臉錯愕。

「歐若拉，給他一點時間反應。」小紅帽勸道：「想當初我發現自己的身分時，差點把小木偶給害死。奧茲瑪察覺自己不是桃樂絲時，也落寞了好一段日子不是？」

歐若拉點點頭，退後兩步，給弟弟時間和空間冷靜下來。

許久以後，朱拉終於恢復正常神色。他對姊姊說道：「歐若拉，抱歉，我還是決定要去找醜小鴨。」

「這……」

「妳背負著妳的天命，」朱拉意有所指地瞄了歐若拉腰際的聖典一眼。「而我也有我的，如果沒有醜小鴨，我可能早就放棄求生意志，死在牢裡了。為了報答醜小鴨的恩惠，我必須親手拆開黑天鵝以親情做要脅的牢籠，放醜小鴨自由。」

歐若拉咬著嘴唇，靜靜地凝視弟弟，心中半是疼惜，半是驕傲。朱拉變了，自己又何嘗不是呢？她試著站在弟弟的立場想，換作是小紅帽或奧茲瑪需要她，她一定也會不惜捨身相救。

儘管際遇不同，到頭來，雙胞胎仍舊是雙胞胎。她們姊弟倆本來像是心臟的兩瓣，按照相同的節奏搏動著。現在，歐若拉覺得自己是完整獨立的一枚心臟了，而朱拉也是一樣。

一聲雞啼打破沉寂，逐漸散去的晨霧中，某隻僥倖逃過死劫的公雞頂著一身焦毛，漫步於鎮民廣場上，宣告這漫長的一夜即將結束。

「好吧，我知道我無法勉強你。」歐若拉吞下挽留的話語，在嘴裡嚐到苦澀。

「謝謝。」朱拉起身。「愛哭鬼歐若拉，妳又要哭了嗎？」

「不。」歐若拉搖頭。

「那就好，我相信妳。」朱拉握住歐若拉的手，道：「等我確定醜小鴨平安無事，就會與妳會合。」

「我也相信你。」歐若拉的手慢慢收回力道。

朱拉鬆手，毅然轉身離去，渾身新舊傷痕讓他宛若一名浪人。

歐若拉則像個戰士，她佇立於原地，雙手反握劍柄，讓劍尖抵著地面，目送朱拉逐漸縮小的背影，消失在蜂蜜色的晨光中。

THE END

釀奇幻30　PG2180

AURORA 7 希望之子：
光之繼承者

小說原作	海德薇
遊戲原創	InterServ International Inc.昱泉國際
繪　　者	漢寶包Hambuck
責任編輯	喬齊安
圖文排版	林宛榆
封面設計	蔡瑋筠

出版策劃	釀出版
製作發行	秀威資訊科技股份有限公司 114 台北市內湖區瑞光路76巷65號1樓 電話：+886-2-2796-3638　傳真：+886-2-2796-1377 服務信箱：service@showwe.com.tw http://www.showwe.com.tw
郵政劃撥	19563868　戶名：秀威資訊科技股份有限公司
展售門市	國家書店【松江門市】 104 台北市中山區松江路209號1樓 電話：+886-2-2518-0207　傳真：+886-2-2518-0778
網路訂購	秀威網路書店：https://store.showwe.tw 國家網路書店：https://www.govbooks.com.tw
法律顧問	毛國樑　律師
總 經 銷	聯合發行股份有限公司 231新北市新店區寶橋路235巷6弄6號4F 電話：+886-2-2917-8022　傳真：+886-2-2915-6275

出版日期	2019年1月　BOD一版
定　　價	320元

版權所有・翻印必究（本書如有缺頁、破損或裝訂錯誤，請寄回更換）
Copyright © 2019 by Showwe Information Co., Ltd.
All Rights Reserved

Printed in Taiwan

國家圖書館出版品預行編目

AURORA 7希望之子：光之繼承者 / 海德薇著. --
一版. -- 臺北市：釀出版, 2019.1
面；　公分. -- (釀奇幻；30)
BOD版
ISBN 978-986-445-304-7(平裝)

857.7　　107021250

讀者回函卡

感謝您購買本書，為提升服務品質，請填妥以下資料，將讀者回函卡直接寄回或傳真本公司，收到您的寶貴意見後，我們會收藏記錄及檢討，謝謝！

如您需要了解本公司最新出版書目、購書優惠或企劃活動，歡迎您上網查詢或下載相關資料：http:// www.showwe.com.tw

您購買的書名：________________________________

出生日期：_______年_______月_______日

學歷：□高中（含）以下　□大專　□研究所（含）以上

職業：□製造業　□金融業　□資訊業　□軍警　□傳播業　□自由業

□服務業　□公務員　□教職　□學生　□家管　□其它_____

購書地點：□網路書店　□實體書店　□書展　□郵購　□贈閱　□其他

您從何得知本書的消息？

□網路書店　□實體書店　□網路搜尋　□電子報　□書訊　□雜誌

□傳播媒體　□親友推薦　□網站推薦　□部落格　□其他_________

您對本書的評價：（請填代號　1.非常滿意　2.滿意　3.尚可　4.再改進）

封面設計____　版面編排____　內容____　文／譯筆____　價格____

讀完書後您覺得：

□很有收穫　□有收穫　□收穫不多　□沒收穫

對我們的建議：________________________________

____

____

____

請貼
郵票

11466
台北市內湖區瑞光路 76 巷 65 號 1 樓
秀威資訊科技股份有限公司 收
BOD 數位出版事業部

....

（請沿線對折寄回，謝謝！）

姓　　名：____________　年齡：______　性別：□女　□男

郵遞區號：□□□□□

地　　址：________________________

聯絡電話：(日)____________ (夜)____________

E-mail：________________________